3大

ちが、原料、販路を効率的に確保するため属する、3つの工房の派閥のこと。

銀砂糖子爵
ヒュー

ラドクリフ工房派
工房長
マーカス・ラドクリフ

マーキュリー工房派
工房長
ヒュー・マーキュリー
（兼任）

ペイジ工房派
工房長
グレン・ペイジ

砂糖菓子職人
ステラ・ノックス

工房長代理　銀砂糖師
ジョン・キレーン

工房長代理　銀砂糖師
エリオット

砂糖菓子職人
キング

砂糖菓子職人
ナディール

職人頭
オーランド

工房長の娘
ブリジット

口絵・本文イラスト／あき

一章　大切な頭数

キースは泣きじゃくるアンを抱《だ》きしめて、たわいない話を続けてくれた。彼の穏《おだ》やかで優《やさ》しい語り口にあやされるようにして、アンはずっと、子供の長泣きのように弱々しく泣いた。そうしているとだんだん頭がぼうっとしてきて、瞼《まぶた》が重くなる。

キースが、そっとアンの体をベッドの上に横たえてくれた。頭が枕《まくら》につくと、暗闇《くらやみ》に引き込まれるように眠《ねむ》りに落ちていく。

意識が遠のく中、キースがベッドの脇《わき》から立ちあがって部屋を出ていったのが物音でわかった。彼はまた、夜中の作業に戻《もど》るのかもしれない。

職人たちは昼夜かまわず、体力の続く限りは仕事を続けているらしい。職人の誰《だれ》もが、ろくに休まず仕事をしているのは、追い立てられるような焦《あせ》りからだろう。

アンも立ちあがりたいと思うのだが、暗闇に引き込まれる力は強く、なかなか瞼を開くことができない。

「なんですか!?　あなた方は!?」

突然《とつぜん》、緊張《きんちょう》したキースの声が中庭から響《ひび》いた。

「屋内を改めます。行きなさい！」

上品で冷たい声が、暗闇に落ちそうだったアンの耳に突《つ》き刺《さ》さった。いきなり冷水を浴びたように全身が冷え、神経が張りつめる音が聞こえそうなほど、ぱっちりと目が覚めた。

ベッドの上に起き上がったのと同時に、部屋の扉《とびら》が開き、鎖帷子《くさりかたびら》をつけ、短い槍《やり》を持った兵士が数人なだれ込んできた。

アンが身構えると、「動くな」と兵士の一人が声をあげ、槍の穂先《ほさき》をアンに向けた。恐怖《きょうふ》を感じるほど近いわけではないが、穂先の輝《かがや》きを目にすると、さらに体が強《こわ》ばった。

「やめてください！」

兵士たちを掻《か》き分けるようにして、廊下《ろうか》からキースが部屋の中に飛びこんできた。彼は穂先の前に、アンを庇《かば》うように立つと、決然と兵士たちを睨《ね》めつけた。

「なんの権限があって、この家に踏《ふ》みこむんですか⁉　王国の兵士ともあろう方々が！」

握《にぎ》りしめた拳《こぶし》が白くなるほど、キースは怒《いか》りを必死に抑《おさ》えこんでいるらしい。

「わたしの権限です」

兵士たちの後ろからゆっくりと姿を見せたのは、王国の宰相《さいしょう》アーノルド・コレット公爵《こうしゃく》だった。彼の出現に、アンはシーツを握りしめる。彼がここにやって来たことが、良い兆候とは思えない。

「コレット公爵が、なんの権限でこんな狼藉《ろうぜき》をなさるのですか？　宰相の権限は、国王陛下への助言と、陛下の命令やお言葉の実行に関するものだけではないのですか？」

冷静に相手を牽制《けんせい》しようとするキースの言葉に、コレットは頷《うなず》く。

「前銀砂糖子爵《ししやく》のご子息だけあって、よく御存知《ごぞんじ》ですね。キース・パウエル。わたしはその国王陛下の命令を実行するために、ここに来ました。陛下のご命令が発せられました。その命令にかかわることで、わたしは、そこの職人を連行いたします」

「陛下のご命令は、どんなご命令なんですか？」

アンは思わず身を乗り出す。

コレット公爵はわずかに勝ち誇《ほこ》ったような色を瞳《ひとみ》に浮《う》かべ、しかし冷静に答えた。

「ギルム州で、妖精王《ようせい》を名乗る者を頭目にした妖精の集団が、妖精商人と妖精狩人《かりゅうど》を襲《おそ》い殺しました。未確認《かくにん》ですが、他《ほか》にも襲われた村がある模様です。殺された人間は、一日と半で、確認できただけで十二人」

──ラファルだ。

予想はしていたが、現実になったそのことに背筋がぞっとした。

キースも驚《おどろ》いたように目を見開く。

「そんな恐《おそ》ろしいことが、起こっているのですか？」

「これを放置はできません。しかも妖精は妖精王と名乗っているのですから、国王陛下は民《たみ》の恐怖を拭《ぬぐ》い、王国の安定を保つために、その妖精の集団に対して討伐《とうばつ》軍を派遣《はけん》することを決定されました。王国は、妖精王と名乗る妖精を討伐するのです。しかし妖精王と名乗る妖精は、ギルム州の妖精だけではない。まだ二人、そう名乗る妖精がいるのです。討伐が決定されたからには、妖精王と名乗るすべての妖精を討《う》つ必要があります」

淡々《たんたん》と紡《つむ》がれるコレット公爵の言葉を聞き続けていると、息が苦しくなってきた。

国王エドモンド二世が妖精王討伐を決定し、そして実質、シャルを討伐することを決めたと、コレット公爵は告げているのだ。

――シャルが、狩《か》られる。ラファルと同じように、エリルも。

どうすればいいのか、アンにはわからない。

予想出来たことではあったが、そうなったときにどうするべきか考えていなかった。シーツを握りしめていた拳が震《ふる》えるだけで、ただただ、押し寄せてくるもの全《すべ》てが恐ろしい。

――シャルが。シャル。今どこにいるの？　まさかもう、王城の中で捕《つか》まってしまって？

キースは何度か目を瞬《しばたた》き、首を傾《かし》げた。

「妖精王？　しかも三人？　そんなことがあり得るのですか？」

「五百年前に祖王セドリックに討たれて滅《ほろ》びた妖精王が、秘密裏《ひみつり》に残しておいた三つの貴石がありました。それは妖精王を生むために準備されたもので、そこから三人の妖精が生まれたのです」

堂々と妖精王の秘密を語り続けるコレット公爵の態度から、アンは、彼が物事を根こそぎ綺《き》麗《れい》に掃除《そうじ》してしまう腹なのだろうと悟《さと》る。妖精王の生まれや存在を民につまびらかにし、そしてここで三人の妖精王を討ち取れば、民には一切《いっさい》の疑念や不安を残さずにすむ。だから今まで伏《ふ》せてきた妖精王の存在を、こうやって明らかにしているのだ。

王国側は、もう一歩も引かない覚悟《かくご》だ。

妖精王を討ち取り、誓約《せいやく》の石板を砕《くだ》く。そして最初の銀砂糖は、それを手にしているエリルを見つけ出して奪《うば》う算段なのだろうか。

「実際にあなたも、妖精王にまみえているのではないですか？　キース・パウエル。妖精王の一人の名は、シャル・フェン・シャルといいます」

「……え」

一瞬《いっしゅん》絶句した後、キースは慌《あわ》てたようにアンをふり返った。そして目を見開き驚いた表情ながら、目顔で「君は知っているのか？　本当なのか」と問う。

息苦しくて顔をしかめながらも、アンは頷いた。するとキースがさらに目を見開き、

「そんな……」

と呟《つぶや》く。その時だった。

「おいおいおい、何やってるんだ！　女の子の寝室《しんしつ》で！　失礼だぞ！」

威勢《いせい》のいい声がしたかと思うと、陶器《とうき》の小瓶《こびん》を頭の上に支え持ったミスリル・リッド・ポッドが、兵士の足の隙間《すきま》をぬって部屋の中に飛びこんできた。そして兵士たちがアンに、槍の穂

先を向けているのを見て取ると、かくんと顎《あご》を落とした。が、みるみる怒りの表情になりぴょんとアンのベッドの上に飛び乗った。そして陶器の小瓶をアンの膝《ひざ》の上に放《ほう》り出すと、きっと兵士たちを睨めつけた。

「なんなんだ！　アンに手を出したら、俺様が許さないぞ」

コレット公爵は小さな闖入者《ちんにゅう》をしばらくの間見つめていたが、すぐに無視することに決めたらしく、視線をキースに戻す。

「で、話の続きです、パウエル」

「無視するな！」

ミスリルは顔中を口にして喚《わめ》いたが、コレット公爵はキースに向かって続ける。

「そこの職人アン・ハルフォードは、妖精王と通じています。彼は逃走《とうそう》しましたが、その行方《ゆくえ》を知っている可能性がある。なにも知らないにしても、妖精王と通じているその者が、我々に不利な情報を妖精側に流さないとも限りません。連行する必要があります」

その言葉に、ミスリルはあんぐりと口を開く。

「なんで知っているんだ!?　あいつが、俺様から妖精王を引き継《つ》いだって事」

しかしその発言を聞いている者は一人もいなかった。ミスリルの勘違《かんちが》いにもとづく発言は完全に無視され、コレット公爵は片手をゆっくりとあげる。

呆然《ぼうぜん》としていたアンは、その動きでぎくりと身をすくませた。しかしそうやって反射的に体が動いたおかげで、一瞬、驚きと恐怖で鈍《にぶ》くなった頭の中に、鋭《するど》い光が走る。

――逃走した？

ということは、シャルはまだ捕まっていない。逃《に》げた彼は、ただ闇雲《やみくも》に逃げたのではないはずだ。おそらく、自分のやるべき事をやるために逃げたはずだ。

――シャルはまだ、諦《あきら》めてない。だから逃げた。

今まさに形になろうとしている砂糖菓子《さとうがし》が、シャルに幸運を授《さず》けてくれることを信じて、彼はやるべき事をやろうとしている。無茶《むちゃ》を承知で、それでも可能性を信じて。

『銀砂糖師』

アンの耳に、シャルの声が蘇《よみがえ》る。

『作れ。銀砂糖師。俺のために』

その声が、怯《おび》えるアンの心をなだめる。恐れるなと、励《はげ》まされている気がする。

シャルがまだ諦めていないのならば、アンも諦めることは許されないはずだ。

砂糖菓子を完成させることでシャルの望む幸運がやってくるかもしれないのならば、アンはけして諦めてはならない。

シーツを握りしめていた拳の震えが止まり、アンは静かに、コレット公爵の顔を見あげた。

はじめてまともに、その目を見つめることができた。

コレット公爵はその視線に、すこしだけ不愉快《ふゆかい》そうに眉根《まゆね》を寄せる。

方が怖《こわ》い。
──不躾《ぶしつけ》に見つめれば、不愉快な顔をする。この人は怪物《かいぶつ》じゃない。よっぽど、ラファルの
「連行なんかさせないぞ！　俺様がアンを守ってやる！」
両手を広げたミスリルの背中は、小さいけれど頼《たの》もしかった。
「ミスリル・リッド・ポッド。わたし、行く」
「はぁ!?」
驚きふり返ったミスリルと同時に、キースも声を荒《あら》げた。
「行く必要なんかない！　妖精王と一緒《いっしょ》にいたから連行するなんて、馬鹿《ばか》げてる！　根拠《こんきょ》なく
か弱い女の子を逮捕《たいほ》するなんて、百年前に大陸で横行した魔女《まじょ》裁判のようじゃないか！　ハイ
ランド王国は大陸の、その野蛮《やばん》で稚拙《ちせつ》な行いを蔑《さげす》み、それを一度もおこなわなかったことを誇
りにしてきたのじゃありませんか!?」
「キース」
アンは、興奮しているキースの背中に静かに語りかけた。
「ありがとう。キース。でもわたしは、行く。せっかくだから王城前広場の近くを通って、仕
事の様子をすこしでも見ながら。キース。ミスリル・リッド・ポッド。ついてきてくれる？」
伝わるかどうかは怪《あや》しいと思ったが、察して欲しいと必死に願いながら、キースの目を見つ
める。

　──わたしは、行く。けれど連行されるために行くのじゃない。わたしは王城前広場に行きたいだけ。

「アン？」

　もの言いたげなアンの目に気がついたのか、キースが不思議そうに問い返す。

「君、いったい」

「行くわ。キース。ついてきて。頼《たよ》りにしてるから、キースのこと」

「……わかった」

　不安そうではあったが、キースは頷《うなず》くと道を空けるように体を横にずらした。アンが床《ゆか》に足を降ろすと、ミスリルが必死の表情でアンのドレスの背中を引っ張った。

「行くなよ！　アン！　行くな！　帰ってきたばっかりなのに、また俺様を置いて行くなんて許さないからな！」

　苦笑《くしょう》してふり返り、必死の形相のミスリルを両手で包むようにして抱《だ》き上げた。そして、

「大丈夫《だいじょうぶ》。ミスリル・リッド・ポッド。わたしは銀砂糖師だから」

　息で囁《ささや》くようにして、ミスリルに耳打ちした。

「え？」

　きょとんとしたミスリルを抱いて立ちあがると、キースに向かってミスリルが乗る掌《てのひら》を差し出す。

「一緒に来て、ミスリル・リッド・ポッドとキース」

そして二人に向かって、アンはにこりと笑ってみせた。

その笑顔《えがお》にキースもミスリルも驚《おどろ》いたようだった。ミスリルをキースに手渡《てわた》すと、アンはコレット公爵《こうしゃく》の前まで進み出て、軽く膝を折り礼をした。

「お時間をとらせてしまい、申し訳ありませんでした。ご一緒いたします」

従順に告げると、コレット公爵は軽いため息と共に、満足したように頷く。

「あなたが見た目どおりの、素直《すなお》なお嬢《じょう》さんで良かったです、ハルフォード。手間がかからずにすむ。さあ、参りましょう。縄《なわ》はかけずにおきますが、逃亡《とうぼう》しようなどとは考えないように。下手に逃げ出せば、あなたは確実にお尋《たず》ね者になります」

「わかっています。逃げません絶対に。砂糖菓子にかけて、誓《ちか》います」

「よろしい」

きびすを返したコレット公爵に続き、アンも歩き出した。その前後左右に、屈強《くっきょう》な兵士たちがぴたりとつく。しかし小柄《こがら》で手足の細い少女を取り囲む彼等には、ほとんど緊張感《きんちょうかん》がなかった。

――この人は、賢《かしこ》いけれど貴族だ。

歩き出しながら、屈強な兵士の背中越《ご》しに見えるコレット公爵の伸《の》びた背筋を、挑《いど》むように見つめていた。

──逃げないと誓ったけれど、おとなしく連行されるなんて、わたしは誓ってない。従順に見えても、職人はしぶとい。この人は、それを知らない。わたしは職人だ。


エリルはぼんやりと、様々なことに思いを巡《めぐ》らせていた。久しぶりに食事を口にし、落ち着ける環境《かんきょう》が手に入ったことで、心に余裕《よゆう》ができていた。

ミスリル・リッド・ポッドは、李蜂蜜酒《すももはちみつ》を小瓶《こびん》に取り分けてもらうと、嬉々《きき》として帰って行った。

どうやらアンは無事にルイストンに到着《とうちゃく》しているらしいし、砂糖菓子を作る仕事をしているらしい。だが疲労《ひろう》のために倒《たお》れてしまったので、ミスリルは倒れたアンのために、李蜂蜜酒をもらいに来たようだった。そしてその置き土産《みやげ》が、エリルにつけた、へんてこな名前だ。

──アンが無事に帰ってきているって事は、シャルも無事なのかな？　ラファルは、どうしてるのかな？

つい物思いに沈《しず》んでいると、

「ねぇ、ニャンニャンちゃん～」

しまりのない声で呼ばれ、エリルははっとして顔をあげた。

「あ……。なに？」

「これからぁ、ルイストンの仕事の現場に食事を運ぶから、手伝ってくれるぅ？　馬を操《あやつ》れる？」

エリルがぼんやりしている間に、ベンジャミンはその体の小ささから想像もつかないほど精力的にあれこれと動き回り、作り置きしていたらしいたくさんの料理を、台所から、勝手口の外にあった荷馬車の荷台に詰《つ》め込んでいた。

煮込《にこ》んだスープが満たされた大鍋《おおなべ》が三つに、片手で持てる程度の、手頃《てごろ》な大きさの、ふかふかのパンが大籠《おおかご》に六つ。ワインの大瓶《おおびん》が五本。その他果物を漬《つ》け込んだらしい瓶が、三つほど。

「馬は乗ったことあるけれど、荷馬車を操ったことはないよ、僕」

「馬に乗れるなら、大丈夫じゃないかなぁ。馬小屋の馬さん、連れてきてみてよぉ。大丈夫だよぉ、きっと」

言われるとそんな気もするので、エリルは教えてもらった馬小屋に行ってみた。

エリルが乗ったことのある、すらりとした足の、いかにも俊敏《しゅんびん》そうな馬とは違《ちが》い、どっしりとした丸い胴体《どうたい》が立派な馬だった。しかしその黒くて丸い目は、やはり馬特有の愛らしさがある。

鼻面《はなづら》を撫《な》でてやると嬉《うれ》しそうに息を吐《は》くので、

「手伝ってくれる？」

囁いて、そっと鼻面に口づけしてから、馬小屋から引き出した。馬を連れて行くと、ちゃっかりと荷馬車の御者台《ぎょしゃだい》に座っていたベンジャミンが、小さな手でぱちぱちと拍手《はくしゅ》する。

「すごいすごい。それ、ここにつけてあげれば、きっと大丈夫だよ〜」

戸口に吊《つる》されたランタンの明かりを頼りに、馬を荷馬車に固定できた。そのままベンジャミンの要求どおりに御者台に上り、馬の手綱《たづな》を握《にぎ》った。

ベンジャミンはエリルの横から、あれこれと馬車を操るこつを教えてくれるのだが、彼自身は全く手綱に触《さわ》るつもりはないらしい。

なぜか、この小さな妖精《ようせい》にいいように使われている気がしないでもなかったが、それはそれで、初めての経験なので少し面白《おもしろ》かった。

「こんな真夜中に、食事を運ぶの？」

脱輪《だつりん》しないように慎重《しんちょう》に夜道を進みながら問うと、ベンジャミンはほわほわと笑う。

「うん。そう。銀砂糖妖精見習いのみんなは、夜昼通してお仕事してるからねぇ、夜中の食事も必要なのぉ」

「そんなに働かされているの？」

「う〜ん。働かされているというよりは、働いてるって、感じかなぁ」

「でも人間の命令で、みんな働いているんだよね」

「人間も夜昼なく働いてるからねぇ」

エリルは目を瞬《しばたた》く。

「なんで？」

「そうやってたくさん働いて、砂糖林檎《りんご》の実が熟《う》れて落ちきる前に砂糖菓子《がし》を完成させて、おっきな幸福を招かないとねぇ、砂糖菓子がこの世から消えるんだって。どうやらねぇ、最初の銀砂糖っていうものが、手に入るようにっていう祈願《きがん》らしいよぉ」

エリルは、ぎくりとした。

——砂糖菓子が消える？　そういえばアンが。

彼女は、今エリルが持っている最初の銀砂糖を欲しがっていた。それがなければ、妖精と人間の未来が開けないと言っていた。彼女の言葉の意味は、要するに、エリルの持っている最初の銀砂糖がなければ、砂糖菓子がこの世から消えるということなのだろう。

アンの必死さだけはわかっていたが、それがなんのためかを、自分は考えてもいなかった。

「どうしてそんなに必死なの？」

思わず、ぽつりと呟《つぶや》く。

するとベンジャミンは星の瞬《また》く夜空を見あげ、ふわふわした笑顔のままで答えた。

「知らない～。人間の砂糖菓子職人や銀砂糖妖精見習いのみんなに、訊《き》いたことないものぉ。気になるなら、訊いてみたらぁ。これからお食事をみんなに配るんだもん」

「あなたは、気にならないの？」

「ならないよぉ。だってねぇ、それは僕のお仕事じゃないもん。でもねぇ、想像ならできるかもぉ。この世から食べることがなくなって、お料理する必要がなくなるって言われたら、僕も頑張《がんば》るかもぉ～。ちょっとは」

「なんで？」

「だってぇ、好きなものが消えるのは哀《かな》しいものぉ」

「うん。それなら、僕もわかるよ。多分」

好きなものが消えるのは、エリルも嫌《いや》だ。だからラファルには哀しい顔をしないで欲しいし、いつものように優《やさ》しくエリルを甘やかしてくれていた彼でいて欲しい。アンだってシャルだって、今のままでいて欲しかった。

けれどラファルはアンとシャルを憎《にく》み、彼等が生きている限り恐《おそ》ろしい目をした妖精になる。だからといって、アンとシャルを殺したくもない。

また、胸が裂《さ》けそうな痛みを感じて、エリルは強く頭を振《ふ》った。

「嫌」

思わず声が出ると、ベンジャミンが小首を傾《かし》げる。

「なにがぁ？」

「考えるのが、嫌。苦しくなるの、胸が二つに裂けるみたいに。どうしてなのかな？」

すると突然《とつぜん》ベンジャミンが、うふふっと、小さく笑った。そして、

「なに言ってるのぉ？　あなた、本当に可愛《かわい》いねぇ。考えるって事は、苦しくなる事なんだよぉ」

　と明るく告げた。

「え？」

　エリルはきょとんとして、隣《となり》の小さな妖精を見おろす。御者台の横に立てられた小さなランタンの明かりで、緑色のふわふわした髪《かみ》が、馬車の上下運動にあわせて揺《ゆ》れているのが見える。

「でも僕に考えろって言った人は、考えれば未来が見えるとしか言わなかったもの」

「見えるから、苦しくなるんだよぉ〜。考えたらいっぱいいろんなものが見えて、そしてそれから選ばなくちゃいけないから。考えて、苦しくて、選んで、それから未来が見えるんだもん。あなたは多分、考える事もしていなかったから、その人は、とりあえず簡単に説明しただけじゃないのかなぁ。まあ、本気でそんな説明したなら、ちょっと抜《ぬ》けてるところはあるよねぇ〜、まるでキャットみたい。そうだねぇ、キャットならそんな説明しそう〜」

　くすくす、くすくす、何がおかしいのかベンジャミンは楽しそうに笑い続けている。

「でも、苦しくなるのは嫌」

「じゃ、……生きていられないねぇ」

　突然、ぞっとするような低い声でベンジャミンが言った。

「え……」

その声がベンジャミンのものとは思えず、エリルは絶句した。しかし確かにその声はベンジャミンの声で、彼は同じような声で続けた。

「考えなきゃ、未来なんか見えるはずないんだもん。未来が見えない生き方なんて、獣《けもの》と同じだもん。でもあなたは獣じゃないから、必ず考えなきゃならないの。だったら苦しくなるのは当然で、苦しくなるのが嫌なら、生きてられないの。全然苦しくない生き方なんて、この世にないもの」

恐ろしいほど冷たい目が、エリルを見あげていた。

「ベンジャミン。あなた……どうして、そんな」

突然、その目がくるりと表情を変え、にっこりと微笑《ほほえ》んだ。

「僕、二百五十年以上生きてるからねぇ～。あなたなんて、赤ちゃんだよぉ。あ、知ってるぅ？　人間って生まれた時は、自分で歩くことも食べることもできない、ただ泣いてるだけなの。その頃《ころ》をね、赤ちゃんっていうのぉ」

あふあふとベンジャミンは欠伸《あくび》をすると、軽く目を閉じた。

「眠《ねむ》いなぁ。ちょっと本気になると、疲《つか》れちゃうもん……」

そこで言葉をとぎれさせ、ベンジャミンはこくりこくりと、船をこぎ始める。

エリルは、ベンジャミンが覗《のぞ》かせた彼の本気とやらに、胸を直接突《つ》き刺《さ》されたような衝撃《しょうげき》を感じていた。こうでなければ、二百年もの間、人間の手を逃《のが》れることができなかったのだろうと思う。そのしたたかさに驚愕《きょうがく》し、ある種の尊敬すら感じる。

隣で船をこぐこの小さな妖精に比べれば、真の妖精王とラファルから呼ばれた自分が、どうしようもなく愚《おろ》かしく幼く、卑小《ひしょう》なものに感じる。だがそんな自分を妖精王と呼び、傅《かしず》いた妖精たちがいたのも事実で、その彼等に対して初めて、申し訳ない気持ちになった。

──僕は……。

ルイストンに向けて馬を操《あやつ》りながら、自分というものの、あやふやさを感じた。姿を変え、胸の苦しさから逃れるためにだけに、ここでこうしている。この先自分は、何をどうしようというのだろうか。

──僕はやっぱり、考えないといけないの？　ベンジャミンが言ったように、苦しくても？

誰《だれ》かに問いかけたかったが、そうやって誰かに問いかけることもまた、自分で考えることを放棄《ほうき》しているのかもしれない。

──僕は。

エリルは、迷った。迷っているうちに、ルイストンの街を囲む塀《へい》が目の前に迫《せま》っていた。

常ならば門を閉《と》ざし、暗闇《くらやみ》に沈《しず》んでいるはずの街の一郭《いっかく》が、ほんのりと夜空に明かりを映すほどの明るさを保っていた。それは南から北へ、王城へ向けて真っ直《す》ぐ伸《の》びる光の筋で、夜空もぼんやりと、光の帯を反射していた。

先頭に隊長らしき兵が立ち、その背後にコレット公爵《こうしゃく》が続く。彼等に先導され、アンは四人の兵に囲まれて、パウエル・ハルフォード工房《こうぼう》を出た。

ミスリルを肩《かた》に乗せたキースは、アンの斜《なな》め後ろを静かについて来る。アンが何かしらの合図を送ってくれれば、すぐさま反応出来るようにと、ぴりぴり緊張《きんちょう》しているのがわかる。周囲の兵たちも、取り囲んでるアンよりも、どちらかといえばキースの方を警戒《けいかい》しているらしかった。

しかしアンは逆らうこともなく、おとなしく歩き続けた。

細い路地を抜け、大通りを迂回《うかい》する。

袋小路《ふくろこうじ》の多い路地を辿《たど》るには限界があり、北にある王城に入るためには、一度大通りに出る必要があった。そこで一行は、王城前広場の脇《わき》に一旦《いったん》出た。

広場は白い布で覆《おお》われているので、路地から出るとすぐ、目の前に白い布が垂れ下がり、視界を塞《ふさ》いでいた。その中では煌々《こうこう》と明かりが灯《とも》され、動き回る職人たちの声と物音がしている。

その白い幕に沿うようにして歩き出した途端《とたん》、アンはぴたりと歩みを止めた。

取り囲む兵たちも足を止め、どうしたのかと問うようにアンを見おろした。

すると前方を歩いていたコレット公爵も気がついたらしく、足を止め、ふり返った。

それを確認《かくにん》すると、アンは突然大きな声を出した。

「コレット公爵！　わたしの仕事は、誰が引き継《つ》ぐのでしょうか!?」

ぎょっとするような突然の大声に、キースもミスリルも、兵たちも驚《おどろ》いた顔をした。コレット公爵はうるさそうに眉《まゆ》をひそめる。

「わたしの仕事を、誰が引き継ぎますか!?　国王陛下のご命令の砂糖菓子《がし》を作るのに、期日は迫っています！　この砂糖菓子が完成せず、期待された幸福が訪《おとず》れなければ、王国から砂糖菓子が消えます！　国王陛下の幸福、王国の幸福を招く手段が永久に消え去るのは、国王陛下の最も恐れることなのに、その砂糖菓子を完成させるための仕事は、誰が引き継ぐのですか!?」

「わかりきったことを、なぜそのように声高《こわだか》に言う必要がありますか？　ハルフォード」

当然、アンはわかりきったことを言っているのだ。

全《すべ》ては、注意をひくためなのだ。

案の定、白い布の向こう側が、今までと違《ちが》った微妙《びみょう》なざわめきに変化してくる。

そこでちらりとキースに目配せすると、彼はようやくアンの意図を理解してくれたらしい。任せろというように頷《うなず》くと、白い布の継ぎ目に開いている出入り口から、中へ駆《か》け込んでいった。

「わたしの仕事は、誰が引き継ぎますか!?」

「他《ほか》の職人が引き継げばすむことです」

「時間も職人も足りないこの時に、銀砂糖師の仕事を引き継ぐ余力のある職人がいますか!?」

さらに声を張り上げた。

「銀砂糖子爵《ししゃく》が、なんとかするでしょう」

「銀砂糖子爵が、銀砂糖師をどこかから連れてきてくれるんですか!?」

　わざと驚いたような顔をして声を張り上げると、コレット公爵はすこしだけ苛立《いらだ》ったように、つかつかと近寄ってくると、ひんやりとアンを見おろす。

「ハルフォード。ここでごねて、なにになりますか？」

「ごねているのじゃありません。確認をしているんです、公爵様」

声を落とし、アンはできるだけ冷静に、不敵に見えるように無表情で答えた。胸の中では心臓が、飛び出しそうなほどどきどきと脈打っていた。

——どうか気がついて。キャット。みんな。誰でもいい。仕事が遅《おく》れてるって、焦《あせ》ってる職人なら誰でもいい！

祈《いの》りながら、再び声を張り上げる。

「人も時間も足りない時に、職人がどこからか湧《わ》いて出ますか!?」

「ハルフォード、黙《だま》って歩きなさい。でなければ鞭《むち》で打ちます」

その時だった。

「公爵様」

先導していた兵士が、注意を促《うなが》すように声をかけてきた。

コレット公爵は煩《わずら》わしげにちらりと背後を見やり、そして顔色を変えた。

先導の兵士の前に、白い幕の隙間《すきま》から、ぞろぞろと職人たちが出てきていたのだ。そしてアンの背後からも、白い幕の隙間から、職人たちが出てくる。

数日間の仕事で、職人たちの頬《ほお》は疲労《ひろう》でそげ落ち、顔色も悪い。だが目だけは、ぎらぎらとした輝《かがや》きがある。疲労しながらも仕事を続けることで、職人たちは興奮しやすくなっているはず。アンはそれを知っている。

疲れていても気力を振《ふ》り絞《しぼ》り仕事を続けていると、すこしのことで大笑いしたり怒《おこ》ったり、そんなふうになっていく。

職人たちに前後を挟《はさ》まれ、コレット公爵は顔をしかめた。

「なんのつもりですか、彼等は」

出て来た職人たちの中に、アンが見知っている顔はなかった。だが彼等は、アンの声を聞きつけて、こうやって出て来たのだ。これを待っていた。アンはさらに声を張った。

「わたしの仕事を引き継ぐ職人は、どこにいますか公爵様！」

どういうことだと、職人たちは囁《ささや》きかわしている。それを見計らい、アンは前後の職人たちに訴《うった》えた。

「証拠《しょうこ》もないただの疑いで、公爵様はわたしを仕事から引き離《はな》し、王城へ連れて行こうとなさっています！　わたしは銀砂糖師です。アン・ハルフォードです。わたしの仕事は、まだ終わってません！」

職人たちのざわめきか大きくなり、「職人が減るのか？」と、不安げな声があがる。

うんざりしたように、コレットが言った。

「たった一人の職人の代わりは、どこにでもいるでしょう」

しかし、その一言に職人たちの目の色が変わった。呆《あき》れるのを通り越《こ》し、怒《いか》りすら覚えたような、ぎらりと底光りする目が、いくつも濃紺《のうこん》の上衣《うわぎ》に集中する。

職人の仕事の現場を知らない人間の、安易な発言が命取りだ。なにも知らないくせにと、職人たちの焦りと苛立ちに火をつける。

「わたしの代わりができる人は、たくさんいます。でも今は、能力としての代わりを問題にしているのではありません。頭数の問題です。一人減れば、仕事は一人分遅れます。公爵様は、この砂糖菓子の完成を遅らせるのですか!?」

白い天幕を、アンは指さした。

周囲に集まった職人たちに、殺気だった気配が膨《ふく》れあがってくる。

彼等はこの数日間で、砂糖菓子が消えるのを阻止《そし》し、自らの仕事を失わないためにと、力の限り仕事をこなしてきたのだ。たった一人の手でも減ってしまえば、段取りが狂《くる》い、それだけで仕事が遅延《ちえん》することをよく知っている。

彼等は今、一人の労働力も失いたくないはずなのだ。そうであるからこそ、あれこれと鬱屈《うっくつ》を抱《かか》えながらも、銀砂糖妖精《ようせい》見習いたちと一緒《いっしょ》に仕事をしているのだ。

期限までに砂糖菓子が完成しなければ、彼等自身が最も恐《おそ》れる事態を招きかねない。たとえ砂糖菓子が完成したとしても、砂糖菓子が存続される保証もないのに、彼等はそれでもすがるような思いで作っている。

アンは声を張った。喉《のど》が痛くなりそうだったが、かまわず声をあげる。

「わたしのようなたった一人でも、頭数です！　減れば作業は遅れます！　どうしますか!?　砂糖菓子が期限内に完成しなければ、国王陛下はなんと仰《おっしゃ》いますか!?　わたしの連行を陛下がお認めになったのであれば、陛下はそのことをご承知なのですか!?」

その声に触発《しょくはつ》されたように、

「確認しろ、国王陛下に」

「そうだ。職人が一人減っても、間に合わんぞ」

「確認しろ、役人！」

職人たちが声をあげる。

アンの顔を知っている職人など限られているだろうが、彼等はとにかく、職人の手が減ることを恐れているのだ。恐れが、低い抗議《こうぎ》の声になってあがってくる。

アンに罪があるかないかなど、この際、彼等職人には関係ない。とりあえず砂糖菓子の完成までは働かせるべきだと、この現場にいる職人ならば必ず考える。

その後アンが、連行されようが、磔《はりつけ》にされようが、そんなことはかまわないと思っているだろう。アンはただの頭数に過ぎない。だが今この時は、大切な頭数なのだ。

自分がただの頭数であることは、仕事をする上で、重要だ。頭数に入っていさえすれば、アンは必要とされる人間になれる。

ここで騒《さわ》ぎを起こしたのは、このためだ。

アンはなんとしても、仕事を続けたかった。シャルが諦《あきら》めずにいるのであれば、アンもけして諦めず自分の仕事をまっとうするのだ。

「陛下に確認してください、公爵《こうしゃく》様。砂糖菓子の完成が遅れる可能性があっても、わたしを連行するべきか、いなか！」

要求したアンの声に、職人たちが、「確認してくれ」「時間が惜《お》しい」「早くしろ」と声を合わせる。

コレット公爵は忌々《いまいま》しげに周囲の職人を見回し、目の前のアンにひたと視線を据《す》え、睨《ね》めつけた。

「従順なお嬢《じょう》さんだと思っていましたが」

自分の緊張《きんちょう》も怯《おび》えも悟《さと》られないように、アンは微笑《びしょう》してみせた。上手な表情を作れたのかどうかわからないが、精一杯《せいいっぱい》不敵に笑う。

「わたしは、職人です。職人はしたたかで、しぶといんです」

その時だった、キースが白い幕の出入り口から飛び出してきた。彼の後に続いて姿を現したのは、キャットとヒューだった。

──キース。やっぱり、分かってくれた。キャットとヒューを連れてきてくれた！

彼等の姿を目にした途端《とたん》、必死に隠《かく》していた心細さが消えた。さらに、キャットとヒューを追うように、見覚えのある連中も早足に駆《か》け出てきたのを見て、思わず笑《え》みがこぼれた。

──みんな！

奔放《ほんぽう》に撥《は》ねている赤毛と、愛嬌《あいきょう》のある垂れ目はエリオット・ペイジ。そして片目を眼帯で覆《おお》い、常に不機嫌《ふきげん》そうな表情をしているオーランド。褐色《かっしょく》の肌《はだ》に明るい表情の異国の少年、ナディールと、厳《いか》つい見かけながら、どこか目が優《やさ》しいキング。そして理知的な眼差《まなざ》しの眼鏡の青年、ヴァレンタイン。ペイジ工房《こうぼう》の連中だ。

ペイジ工房の連中は、アンが兵士に囲まれているのを認めると、険しい表情になる。ナディールが兵士に突《つ》っかかろうとするように踏《ふ》みだしかけるが、それをヴァレンタインとキングに取り押さえられた。エリオットとオーランドは、キャットとヒューの様子を素早《すばや》く確認《かくにん》し、静観するというように、背後の連中に目配せする。

ヒューは大股《おおまた》で職人たちの前に出てくると、コレット公爵に歩み寄り、頭をさげた。

「コレット公爵。これは、どういったことでしょうか？　なにやら騒がしいと思って来てみれば。わたしの監督《かんとく》する作業の現場で働いているこの銀砂糖師が、何かいたしましたか」

「あなたも知っての通り、ハルフォードは妖精王と通じています。国王陛下は妖精王の討伐《とうばつ》を命じられました。それゆえ、妖精王と通じているこの者も、捨て置けぬまでのことです」

「討伐の命が、下りましたか？」

「夜明けと共に、兵は組織されるでしょう。準備が終わり次第《しだい》、兵は立ちます。おそらく国王陛下の名の下《もと》に編制された、正式な軍です。相手は妖精王なのですから、伝統に則《のっと》り、人間の王として、セドリック祖王と同様に陛下は出陣《しゅつじん》なされます」

「ご武運が必要というわけですね」

そこでヒューは、にっと笑った。

「しかしこのままでは、陛下のご帰還《きかん》は危《あや》うくなります」

「なにを言っているのですか？」

「その銀砂糖師を連れて行けば、それだけ作業が遅《おく》れます。砂糖菓子《がし》の完成が遅れれば、陛下にもたらされるはずの幸運は、やってこないのです。公爵。その職人は、なにやらいわくつきかもしれませんが、職人の頭数なのです。砂糖菓子の完成と決めた日まで、あと四日間しかありません。その四日間こちらに預けていただけませんか？　責任は、わたしが持ちます」

「何を馬鹿《ばか》な」

「砂糖菓子が完成されなければ、陛下のご武運どころか、砂糖菓子も永久に失われます！」

いきなりわざとらしく声を大きくし、ヒューは職人たちを見回した。職人たちはさらにざわめき、呻《うめ》く。

「おい、どうするよ。間にあわねぇなら、職人連中は無理をする必要はねぇぞ。俺は降りるぜ」

とんでもなく不機嫌な顔をして腕《うで》組《ぐ》みしていたキャットが、聞こえよがしに、ヒューの背中に言葉をぶつける。すると職人たちの声も、さらに大きくなる。

するとそこでエリオットが、オーランドと背後の連中に目配せし、自分は大げさに声をあげて肩《かた》をすくめた。

「俺たちに仕事をさせる気がないなら、やめやめ。引きあげるかなぁ、うちの工房は」

するとオーランドが、コレット公爵を睨《にら》む。

「どうするつもりなんだ、あのお方は？」

エリオットの意図を理解したらしくナディールが甲高《かんだか》い声をあげる。

「なんだよ、これは国王陛下の命令じゃないの!?　あの人は、陛下の命令を邪魔《じやま》するの!?　俺、わかんないや」

「そうですねぇ、一人でも職人が欲しいときに、なにを考えておられるのやら」

ヴァレンタインの呆《あき》れ声に、キングが、やけくそのように被《かぶ》せる。

「やめだ、やめだ！　もう、俺たちゃ失業しろって事だよ！」

騒ぎはじめたペイジ工房の連中にあおられて、周りの職人たちも、声をあげ出す。その声が高まり、周囲を圧し、兵士たちは恐怖《きょうふ》を覚えたように、目をきょときょとさせて身構える。

コレット公爵も、苦い顔をして周囲を見回した。

ヒューは、わざとらしく諦めたような表情をした。

「ご覧の通り、職人たちは仕事を期限内にまっとう出来ないのであれば、意味がないとよく分かっています。そして一人の人手がなくなることでも、致命傷《ちめいしょう》になりかねないと心得ています。ですから、もはや間に合わないのであれば、もう職人たちに無理をさせる必要はありません。この瞬間《しゅんかん》に作業を中止してもいいのですが。陛下になぜかと問われれば、わたしは正直に原因をご説明申し上げねばなりません。公爵」

「子爵《ししゃく》。それは、わたしを脅《おど》しているのですか？」

冷たいコレット公爵の声に、ヒューはわざと驚《おどろ》いたような顔をする。

「まさか。ですがただ、彼女の連行については、陛下にご相談なさった方か賢明《けんめい》ではないかとだけ、申し上げます」

「後見人に逆らいますか？」

「あと十日もしないうちに、砂糖林檎《りんご》の実は王国全土で熟《う》れて、落ちてしまいます。そうなるまえに最初の銀砂糖が手に入らなければ、砂糖菓子は永久に消えます。わたしも銀砂糖子爵などという身分ではいられなくなるということです。砂糖菓子も存在しないのに、銀砂糖子爵もへったくれもないでしょう。そうなればもはやあなたは、わたしの後見人ではない。でもよく考えてください。あなたとて、王国に幸福を招く方法が消えてしまうことは、望まないでしょう、公爵。今作られているこの砂糖菓子は、砂糖菓子の存続のために幸運を招くようにと、祈《いの》りのために作られています」

コレット公爵はヒューを見つめ、次にアンを見つめ、周囲の職人たちに目を移した。

「さあ、ご決断願います、公爵！」

ひときわ大きなヒューの声に、職人たちの声がぴたりと止まった。

異様に昂《たか》ぶった職人たちの気配が、その場に緊張の糸を張る。

一瞬《いっしゅん》、とてつもなく静かになった。

兵たちが警戒《けいかい》し、コレットを守るように身構えているのは、職人たちが殺気だった目でこちらを睨みつけているからだ。ここで無理を通せば、彼等がどんな行動に出るか明白だった。騒ぎ出す彼等の声に引き寄せられ、さらに多くの職人たちが集まり、兵たちと小競《こぜ》り合いになる。興奮した彼等が相手では、暴動になりかねない。

――国王が出陣するこの時に、それは絶対に避《さ》けたいはずだ。

アンは息を詰《つ》めて、コレット公爵の言葉を待った。

しばしの沈黙《ちんもく》の後、コレット公爵は深くため息をつき、呟《つぶや》いた。

「なるほど、したたかでしぶといですね」

そして、ぐいと顎《あご》をあげると、言った。

「良いでしょう、銀砂糖子爵。この砂糖菓子が完成するまで四日間、ハルフォードはあなたに預けましょう。監視《かんし》怠《おこた》りなく」

「承知しました」

ヒューが慇懃《いんぎん》に腰《こし》を折ると、コレット公爵《こうしゃく》は兵たちに目配せしてアンの周囲から離《はな》れさせた。

職人たちが、勝ったとばかりに一斉《いっせい》にわっと声をあげた。ペイジ工房の連中もほっと笑顔になり、ナディールは飛びあがって、ヴァレンタインに飛びついた。

「てめぇら、騒《さわ》ぎは終わりだ！　職人は減らねぇから、安心して仕事に戻《もど》りやがれ！」

騒ぎ出す連中に、キャットが一喝《いっかつ》すると、彼等も我に返ったらしい。

時間がないのは当然で、この騒ぎで時間を無駄《むだ》にしたことに気がつき、慌《あわ》ててテントの中へ駆け戻りはじめた。

ペイジ工房の連中もきびすを返したが、その前に、全員がアンに向けて、ちょっと手を振《ふ》ってくれた。エリオットはテントに入り際《ぎわ》にふり返り、ウインクして、去って行った。

——ありがとう。

声が届くはずはなかったので、口の形だけで彼等に礼を告げた。騒ぎを聞きつけ、駆《か》けつけてくれた彼等の存在は何よりも心強かった。

圧迫《あっぱく》されるような兵士の壁《かべ》がなくなり、アンは息をついた。するとコレット公爵が、すいと近づいてきた。何事かと身構えたが、彼はゆっくりと身をかがめ、囁《ささや》いた。

「あなたは助かりましたが、果たして、妖精王《ようせい》はどうなりますかね？」

はっとして、アンは顔をあげる。

「どういう……意味ですか」

「討伐の軍が動きます。あなたはいち早く、妖精王に投降するように働きかけた方が良いのではないですか？　投降してきた者であれば、我々もひどい扱《あつか》いはしませんよ」

策略家の声は、わずかにアンの決意を鈍《にぶ》らせるような現実味がある。だがアンは両手を握《にぎ》り合わせて、強く首を振った。

「わたしは、妖精王の居所を知りませんから、そんなこと無理です」

決然と告げた。

「わたしはただの職人です。わたしができることは、砂糖菓子を作ることだけです。だから作ります。作ります。ただ、作ります」

耳に、シャルの声が残っている。

『銀砂糖師』

と彼はアンのことを呼んだ。

『作れ。銀砂糖師。俺のために』

はっきりと残るその声に、アンは心の中で答えた。

──作ります。わたしは、あなたのために。

鼻白んだようにきびすを返し、兵たちに守られて歩み去る濃紺《のうこん》の背中を、アンは挑《いど》むように見つめる。

──銀砂糖師だから。

職人たちが三々五々、再び仕事に戻りはじめた中で、キースとキャットが、近寄ってきた。様々な事情を一気に知らされたキースは複雑な表情をして、アンになんと声をかけていいか、迷っているようだった。しかしミスリルがキースの肩からアンの肩に飛び移ったのをきっかけに、ちょっと苦笑いをする。

「まだ全部が全部、心の中で整理出来たわけじゃないけど。僕が知らなかったこと、たくさんあるみたいだね」

「ごめんねキース。色々、言えなかったの。でもキースのことは信頼《しんらい》してる。今だってヒューたちを呼んできてくれた。ありがとう。キースがいてくれて、本当に良かった」

「僕は結構な大物と張り合っていたっていうのが、衝撃《しょうげき》だよ。それ以上に、彼がそんな大変な立場だってことも、驚きだしね。でも彼の横柄《おうへい》さの原因は、わかった気がするよ」

「いやいやいや、シャル・フェン・シャルは銀砂糖妖精だったとしても、絶対に横柄だぞ。あれはあいつの性格だ」

ミスリルがうんうんと頷《うなず》くと、キースはぷっと吹《ふ》き出した。

「まあ、そうかもね」

眉《まゆ》をひそめ、コレット公爵が歩み去った方向を見つめていたヒューに、アンは頭をさげた。

「ありがとう、ヒュー。でもヒューの立場は、悪くならない？」

「ああ。悪くなるだろうな。ただし、銀砂糖子爵でいられれば、だ」

アンの方に視線を戻し、ヒューはにやりとした。

「砂糖菓子《がし》が消えれば、銀砂糖子爵の地位そのものがなくなるから心配ない。砂糖菓子が残れば、後見人に生意気な口をきいたことを後々咎《とが》められるかもしれんが、俺はそうなる方がいい。砂糖菓子がこの世に存続するならば、喜んで鞭《むち》で打たれるくらいはするぜ」

「喜んで鞭打ちだ？　変態め」

ヒューを睨《にら》みつけ、キャットが吐《は》き捨てた。

「別に、おまえに鞭打ってくれなんて頼《たの》んでないぞ」

「てめぇが泣きわめくならやってやるけどな、てめぇがそれで喜ぶなら、死んでもやらねぇ」

「意外だな。マゾヒストの気《け》があるのかと思ってたが、サディストか？」

「どっちの気もねぇ！　なんの話をしてやがる!?　馬鹿《ばか》話している時間はねぇだろうが！」

怒《ど》鳴《な》った後に、キャットはいつもの鋭《するど》い猫目《ねこめ》でアンを見おろした。

「で？　それなりに休んだのかよ？　チンチクリン」

「休みました」

「じゃ、働きな。てめぇの仕事は、止まったままだ。夜が明けたんだ。あと四日しかねぇぞ」

背後の白い天幕を顎でしゃくったキャットに、アンは笑顔《えがお》で頷く。

「はい！」

秋の澄《す》んだ夜空に瞬《またた》いていた星の影《かげ》は、徐々《じょじょ》に薄《うす》くなり、光を失っていた。かわりに東側から藍色《あいいろ》の明るさが滲《にじ》み出し、みるみる薄紫《うすむらさき》の夜明けの空になってくる。

「そうだな。とりあえず……」

表情を改めたヒューは、キャットとキース、そしてアンを順繰《じゅんぐ》りに見た。

「仕事しろよ。おまえら」

ヒューの気負いのない、しかし根底に必死の思いがこもる言葉に、職人たちは頷く。

街の中に満ちている、夜明けの冷えて湿《しめ》った空気を大きく吸い込み、アンは他《ほか》の二人と共に、自分の仕事場へ向けて駆けだした。

二章　討《とう》伐《ばつ》軍立つ

ハイランド王国国王エドモンド二世は、第四の天守にある執務室《しつむ》にいた。鎖帷子《くさりかたびら》の上に、蔓《つる》薔薇《ばら》の意匠《いしょう》で飾《かざ》られた銀色の甲冑《かっちゅう》を身につけ、面頬《めんぼお》のついた兜《かぶと》を脇《わき》に抱《かか》えていた。

十五年ぶりに身につける戦装束《いくさしょうぞく》だった。

十五年前。

チェンバー内乱の折、少年だったエドモンド二世は甲冑の重さに息も絶え絶えだった。戦うことはおろか、馬に乗るのすら難儀《なんぎ》した。その彼を象徴《しょうちょう》とし、彼の軍隊を勝利に導いた立役者は、ダウニング伯爵《はくしゃく》だった。

ダウニング伯爵は軍隊を指揮し、そしてさらに、戦に幸運を呼び込むために、銀砂糖妖精に砂糖菓子を作らせた。

強く威厳《いげん》のある壮年《そうねん》のチェンバー家当主に対して、エドモンド二世は華奢《きゃしゃ》で頼《たよ》りない少年でしかなかった。そのチェンバー家当主を擁《よう》する敵軍の士気は高く、とても勝てる戦ではないと、エドモンド二世もその他の多数の家臣たちも内心諦《あきら》めていた。

だがエドモンド二世の軍は勝利した。

チェンバー家側の油断と、内部の不和。偶然《ぐうぜん》の悪天候による、ミルズランド家側の奇襲《きしゅう》の成功。どれもこれも「幸運に過ぎる」と言われた。

確かに信じられないほどの幸運だった。そしてその幸運がどこからもたらされたのかを、玉座に即《つ》いたエドモンド二世は考えざるを得なかった。

すべては砂糖菓子がもたらした幸運。ミルズランド家が銀砂糖妖精と銀砂糖子爵《ししゃく》をその手にしていたからこそ、もたらされた幸運だった。

「砂糖菓子の幸運を手放すのは、王国にとっては恐怖《きょうふ》だ」

呟《つぶや》くと、傍《かたわ》らにいた王妃《おうひ》マルグリットが、彼の腕《うで》に手をかけた。

「陛下」

毎年、新聖祭に作られる、王国の一年の安寧《あんねい》を祈《いの》るための砂糖菓子。

国王の健康と政権の安定を祈るための、誕生祝いの砂糖菓子。

夏の直前、疫病《えきびょう》が流行しないようにと願う聖人夜の砂糖菓子。

そして亡《な》き人の魂《たましい》をやすらかに天国へ送るための、昇魂《プル・ソウル・デイ》日の砂糖菓子。

全《すべ》ての祝祭は、砂糖菓子なしには始まらないと言われる。その根拠《こんきょ》は、存在するのだ。それらの砂糖菓子が全て消えたとき、王国にどのような異変が起こるのかが恐《おそ》ろしい。

ハイランド王国は大陸の王国に比べて疫病の流行は極端《きょくたん》に少なく、国王が若くして不慮《ふりょ》の死を遂《と》げることも少ない。内乱があったとしても、それが百年、二百年と続き、王国全土が荒《あ》れ果てるほどの長期にわたったことはない。死者の呪《のろ》いと噂《うわさ》されるような、不可解な出来事も多くない。

それがもし砂糖菓子の幸福に守られていればこそであるとすれば、砂糖菓子のない王国はどうなるのだろうか。

大陸の王国は、豊かなハイランド王国に興味を持っているという噂がある。海を隔《へだ》てていようとも、大型船を用意して侵略《しんりやく》する価値があると思われているらしい。

しかしそれが現実になっていないのは、大陸の王国の造船技術が未熟で、一気に多数の兵を送り込むことが不可能だからだという。しかし造船技術は、着々と進歩している。造船技術の進歩が緩《ゆる》やかなことこそが、ハイランド王国にとっては幸運なのだとも言われている。

「砂糖菓子が消えたハイランド王国は、どのような国になると思うか？」

幸運を簡単に手放せるほど、世界というものは優《やさ》しくできていない。それはハイランド王国に住む誰《だれ》もが、肌《はだ》で感じているはずだ。

「わかりません。けれど、今のままの王国であり続けることは、不可能でしょう」

いつもながら明瞭《めいりよう》なマルグリットの言葉を聞きながら、エドモンド二世は、執務室の窓から見えるルイストンの街並みに目を向けた。

王城の正門前の広場から南へ向かい、まるで隧道《すいどう》のように、白い布が張り巡《めぐ》らされている。あの下で銀砂糖子爵の監督《かんとく》のもと、砂糖菓子が作られているはずだ。

「あの砂糖菓子は、本当に砂糖菓子を存続へと導く幸運をもたらすのであろうか？　どう思う、マルグリット」

「わたくしは、信じております」

迷いのない答えに、エドモンド二世は苦笑《くしょう》する。

「あの砂糖菓子に託《たく》した願いは、砂糖菓子の存続と、妖精《ようせい》と人間がより良い関係となるための未来だったであろう。しかし二つの願いの一つは、既《すで》に叶《かな》わぬものになっているぞ」

目線を手前に移動させると、王城正門の内側の空間に、兵士たちが整列しているのが見下ろせた。国王旗を掲《かか》げた近衛騎兵《このえきへい》を先頭に、国王直属の軍隊が並ぶ様は壮麗《そうれい》だった。

銀色の甲冑の中隊の背後には、鈍色《にびいろ》の甲冑の三中隊が並ぶ。甲冑は秋の明るい日射《ひざ》しをはね返し、まばゆいほど輝《かがや》いている。

ハイランドで最も装備が充実《じゅうじつ》し、また精鋭《せいえい》がそろう軍隊だ。

エドモンド二世が王座に即いてから十五年、長い時間をかけて作り上げてきた軍隊。

しかしこの軍隊がこうやって王旗を掲げて出陣《しゅつじん》するのは、初めてのことだった。チェンバー内乱以降、王旗を掲げた軍隊は出撃《しゅつげき》したことがない。

今、王旗を掲げて出撃するべき時なのだ。

五百年ぶりに出現した妖精王が、荒れ狂《くる》っているという。とはいえ、その妖精王が引き連れている妖精の数は少なく、その規模は、一個中隊で鎮圧《ちんあつ》出来る程度だと聞く。

それなのにこれほど大規模に王国軍を動かすのは、ひとえに民《たみ》に対して安心感を与《あた》え、なおかつ、人間である国王の権威《けんい》を示すためだ。

民は妖精王の名を聞けば、必ず五百年前の戦いの伝説を想起する。

祖王セドリックと妖精王の戦いを連想している民の期待に、応《こた》える必要があるはずだ。

それは国教会の期待でもある。

そして妖精王を討《う》つという名目を掲げて軍隊を動かすからには、例外は認められない。

三人いる妖精王の、一人は討つが、一人は見逃《みのが》す。そんなことをすれば、事情を知らない国民たちは国王の弱腰《よわごし》に不安と不満を抱《いだ》く。国民から見れば、妖精王が三人いるならば、三人とも同じだ。三人の妖精王の違《ちが》いはわからないだろうし、知ろうともしないだろう。

「我々は妖精王を討つのだ。五百年前と同じく、戦いは我々の勝利で終わり、何も変わらずに人間と妖精は、同じ地上を歩きながら、けして交わることなく並行して歩き続けるしかない。砂糖菓子《がし》に託した願いが一つ、叶わぬ。だとするならば、もう一つの願いである、砂糖菓子の存続も、もはや叶わぬのではないか」

「いいえ、陛下。陛下は勘違《かんちが》いをしておいでです」

隣《となり》に並んだマルグリットは、同じように窓の外を見おろしていた。その眼《め》は街の中に出現した白い布の隧道を捉《とら》えている。

「どういうことだ」

髪《かみ》を結《ゆ》いあげたマルグリットのうなじは、すっくりとのびて、諦めうつむく気配すらない。エドモンド二世はその横顔を見やる。

「砂糖菓子はまだ、完成しておりません。ですから今は、願いが叶わなくて当然なのです。けれど完成すれば必ず、それに見合った幸運を運んできます」

「しかし余は、妖精王の討伐軍を指揮するのだぞ。もはや」

「それでも二つの願いが、ついえたわけではありません。三人の妖精王と、最初の銀砂糖が消えていないのならば、まだ可能性は残っています。陛下が妖精王討伐に向かわれようとも、可能性がある限り、砂糖菓子が完成されれば、なにかが起こるやもしれません」

「そなたは、信じておるのか？」

「はい。わたくしの友人が六百年、作り続けたものを信じております」

自らの妃《きさき》が一片《いっぺん》の迷いもなく信じていると言いきった銀砂糖妖精を、エドモンド二世は心の底から羨《うらや》ましいと感じた。

聡明《そうめい》な妃は、嫁《とつ》いできたときから、一度も愚痴《ぐち》を言ったことはない。無様に取り乱して、泣いたこともない。常に凜《りん》と背筋を伸《の》ばし、隙《すき》がない。ベッドの中でさえも、その態度を崩《くず》したことはない。

夫である王に、ある程度の愛情を持ってはいるのだろうと、エドモンド二世自身もわかる。彼女のさりげない気遣《きづか》いや、助言には、それなりの優しさがある。

だが自分はこの聡明な王妃に心から信頼《しんらい》され、愛されているのかどうかは、わからない。妖精王にすがりついて泣いた砂糖菓子職人の少女のように、王妃がエドモンド二世を愛しているとは思えない。

だが、それは仕方ないことだ。王妃との婚姻《こんいん》は、周囲が決めたこと。その婚姻をエドモンド二世は心から喜んだが、王妃が同じであったかどうかはわからない。

「羨ましいことだ」

思わず、誰ともなく、エドモンド二世は呟いていた。

「なにがでございますか?」

マルグリットがエドモンド二世を見つめて小首を傾《かし》げると、彼は苦笑し、口を開きかけた。

しかしその時、

「陛下。お時間でございます。お出ましを」

扉《とびら》の外で、宰相《さいしょう》コレット公爵《こうしゃく》の声が呼んだ。水を差されたことで、エドモンド二世はすこしだけ考えた。王妃の質問に答えることは、王妃に愛情をねだるようなものだ。

――いわずもがな、であるな。

エドモンド二世は兜《かぶと》を抱《かか》えなおし、

「わかった。行こう」

と答え、窓に背を向けた。ゆっくりと歩み出す背中に、マルグリットは慌《あわ》てたように声をかけた。

「陛下、なにが羨ましいと仰《おつしや》るのですか!?」

扉に手をかけたところで、エドモンド二世はふり返った。

この気高く聡明な王妃《おうひ》は、妖精王の恋人《こいびと》のように、取り乱すことはけしてない。

──どうすれば、あの妖精王と恋人のような二人になれるだろうか？　妃が取り乱さないのであれば、もはや……。いや……。

そこで、悪戯《いたずら》めいた考えが閃《ひらめ》く。

──余が取り乱してみようか。

ひと目のないところで、自分が取り乱して、彼女にすがりついてみたらどうだろうか。そんな考えがふと浮《う》かび、その時の王妃の驚《おどろ》きを想像し、すこし嬉《うれ》しくなる。彼女はどう反応するだろうか。蔑《さげす》まれるか、もしくは、今までにない優しさと砕《くだ》けた態度で、接してくれるか。

ただ驚くことだけは、確実だろう。

言葉で愛をねだるよりも、そうやって、王妃の愛を勝ち取る方法を考える方が良いのかもしれない。

あの砂糖菓子職人の少女が、取り乱して泣いたように、自分の心をさらけ出して王妃と接すれば何かが変わるかもしれない。なにしろ妖精王は、心から、あの少女を愛しているようだったのだから。種族も超《こ》えるほどの愛がはぐくめるならば、夫婦《ふうふ》である自分たちも、同じように出来るのではないだろうか。

「帰ってから、話す」

そしてそのまま扉を開け、出て行った。


残されたマルグリットはすこし呆然《ぼうぜん》としていたが、歩き出した甲冑《かっちゅう》の音が遠ざかって行くと、ゆっくりと深く頭をさげた。

「ご武運を。陛下」

ひとりそっと、呟《つぶや》いた。


薄紫《うすむらさき》の夜明けとともに、アンは自分の仕事場である、王城前広場の天幕の中に戻《もど》った。

朝の湿《しめ》ってひんやりした空気の中にいたので、天幕に入ると、その場所に満ちる銀砂糖の甘い香《かお》りを強く感じた。

天幕の中は外に比べて、格段に空気がさらりとしている。白い天幕は砂糖菓子の保護布と同じ素材なので、湿気《しっけ》を吸収し、内部を銀砂糖にとって良い状態に保ってくれているらしい。

アンはキャットと共に、王城前広場の、城門に一番近い最奥《さいおう》の部分へ向かった。そこには、大きな作業台がある。

銀砂糖の樽《たる》が作業台の周囲に並べられ、冷水は広場の真ん中にまとめておかれている。

任された仕事は、作品全体の要《かなめ》となる造形だ。人間王を模した砂糖菓子と対《つい》になり、向かい合う妖精《ようせい》王の造形だ。

人間王の造形を引き受けたキャットの作業は、アンが休んでいた一晩でかなり進んでいた。土台が作られ、その上に等身大よりも一回り大きな、人の形の芯《しん》となるらしい、ざっくりとした人形《ひとがた》が立ちあがっていた。細部はこれから作り込んでいくのだろうが、全体には既《すで》に、白っぽい肌《はだ》の色を重ねてあった。

キャットの造形と色を見て、アンは昨日自分が作った、おおざっぱな人形と見比べる。

──キャットの造形と、周囲の造形と比較《ひかく》して、わたしのものは違和感《いわかん》のない大きさなのかな？

それを見るために数歩離《はな》れて、広場全体をぐるりと見回し、そこから自分の作りかけの人形へと目を向ける。

──大きさは、大丈夫《だいじょうぶ》。でもこのぼんやりした姿を、どうやって妖精王の姿にすれば？　キャットの作るものと対になるように、違和感がないように。

必死で考えようとするが、再修業《しゅぎょう》を始めてから作ってきた様々なものに比べて、格段に大きいがために、混乱しそうになる。一瞬焦《いっしゅんあせ》りを感じて両 掌《てのひら》を握《にぎ》り合わせたが、その時、自分の指が自分の手の甲《こう》に触《ふ》れる。その感触《かんしょく》に、はっとした。

——そうだ。ルルの言葉。

銀砂糖妖精は、教えてくれた。想像するのだと。あたかもそこに、そのものがあるかのように、と。

シャルの姿を思い浮かべる。黒い瞳《ひとみ》と、髪。指や肩《かた》。背中。腕《うで》。すんなりとした足。片羽。数歩先にシャルの姿を映すと、両手をゆっくりと上げて、掌でその姿を包み、持ち上げる。そして両掌でそっとすくいあげたその姿を、ぼんやりとした人形の砂糖菓子《がし》の塊《かたまり》に重ねて置くように想像した。

ぴたりと、砂糖菓子の塊の上にシャルの姿が重なった。

その瞬間、体が震《ふる》えた。確信がわきあがる。

「見えた」

形が、アンの目にはっきり見えた。

「ミスリル・リッド・ポッド！　ありったけ、色粉をお願い。黒がたくさん必要」

作業台に駆《か》け寄ると、銀砂糖を石の器《うつわ》にくみあげて声を張る。するとミスリルは「おうっ！」と答え、ぴょんとアンの肩から飛び降りて走った。

隣《となり》で腕まくりをして、指を冷水に浸《ひた》して作業の準備をしていたキャットが、ちらりと視線をよこす。

「これから、どうやって作る？　技法をあわせておかねぇと、対になってもちぐはぐになる」

　アンも冷水に手を浸しながら頷《うなず》く。

「のっぺりとしたものは、作りたくないです。人を作るみたいに、作りたいです。体を作って、肌を作って、顔を作って。それからお人形に着せるみたいに、その上から衣装《いしょう》を着せるようにして造形して。衣装は編んだ銀砂糖で、光を透《す》かして反射して、美しく光るように」

「その方法は、なかなか時間がかかるぞ」

「できます」

「それなら、それでいく」

「キャットはそれでいいんですか？」

「俺もそれが最善の方法だと思う。やるぜ。俺の作る色味を、注意して見てろ。違《ちが》うと思えば、すぐに止めろ。俺もてめぇの色を見ておく。違うと思えば、止めてやる。お互《たが》いにあわせる。ちょうどいい加減ってものが、あるはずだ。それは二人でやって、見つけるしかねぇ」

「はい」

　キャットの指先は冷えたらしく、彼は銀砂糖を練りはじめた。彼は並べられた色粉の瓶《びん》をざっと見回し、明るいピンクとオレンジを選び、それをわずかに銀砂糖に混ぜ込む。ほんのりと白っぽいのに、明るい肌の色を作る。

アンの指先も冷えた。

アンも銀砂糖に手を触れると、すぐにキャットと同じ色粉の瓶に手を伸《の》ばした。しかしキャットの色よりも、白っぽい肌色《はだいろ》にする。これがシャルの肌の色だ。隣のキャットの色と比べて、違いはあるが、色調は同じ。対となっても違和感はないはずだ。

キャットもちらりとアンの手元を見やり、それで大丈夫と思ったのか、なにも言わない。

練りが終わると、キャットは大小のヘラを何種類か尻《しり》ポケットにねじ込み、銀砂糖の塊を手に持って、作りかけの砂糖菓子に向かう。銀砂糖の塊を手で馴染《なじ》ませるようにして、砂糖菓子の顔の部分に貼《は》りつけると、ポケットのヘラを取り出して削《けず》るように形を整えていく。

同時に、二、三種類のヘラを使い分けるようで、使っていたヘラを口にくわえると、また片手で別のヘラを摑《つか》みだして、銀砂糖を削る。彼の手の動きは素早《すばや》いが、エリオットともヒューとも違い、滑《なめ》らかで優雅《ゆうが》だ。

基本の技術は、どの職人もほとんど変わりないように思える。だが造形に関しては、それぞれの個性があるのだろう。それぞれが想像するものを追いかけるのに、最適な方法を自分で見つけているからに違いない。

――わたしの手は、どうやってわたしの想像を追うことができるんだろう。

ふと不安になりかけるが、立ち止まってはいられない。想像するものを追うという、その唯一《ゆいいつ》の方法。それさえ忘れないでいれば、いいはずだ。そうに違いないと、自分に言い聞かせる。

――シャルの姿を作る。

ここにいないからこそ、シャルの姿が一層慕《した》わしく、掌で練りあげるその肌の色さえも愛《いと》しかった。シャルの肌の色は、こんなふうに透けるような白さがある。

――作りたい。

純粋《じゅんすい》に、胸の奥から思いがわきあがる。

ここにいないからこそ、シャルの姿を自分の手で作りたかった。まるで身代わりのようだと思ったが、今は単純に、そんな思いでかまわないのかもしれない。それが一番、自分の中でシャルの姿を目の前に想像するのに役に立つ。

一心に、シャルの肌の色の銀砂糖を練り続けた。

恋人《こいびと》への愛しさだけを、アンは追うのだ。

日が高くなり、白い天幕の中に掲《かか》げられていた明かりは、見習いたちによって吹《ふ》き消された。そのかわりに太陽の光が白い天幕を透過《とうか》してくる。

アンが作業を進める周囲は、どんどん明るさを増す。外は晴れた秋空なのだろう。日の光の明るさで、秋の薄青《うすあお》くて高い空が目に見えるようだ。

そろそろ昼食の時間だと思われたとき、

「国王の軍隊が出るらしいぞ！」

白い隧道《すいどう》のどこからかあがった声に、働いていた職人たちがざわついた。

一瞬、アンもキャットも手を止め、せっせと冷水を運んでいたミスリルも、ぴたりと足を止めてふり返った。

「北側から出陣《しゅつじん》してるらしい。王城の北側は、見物人で大混雑だぜ」

「国王陛下が出陣なさるとよ」

あちこちで、職人たちがそれぞれに仕入れた情報を声高《こわだか》に交換《こうかん》しあっている。

——討伐《とうばつ》軍。

止めていた手を、アンは再び動かしはじめた。

キャットもふんと鼻を鳴らすと、手を動かす。

「おい、アン」

冷水を作業台に置いたミスリルは、すこし不安げにアンの手元に近寄ってきて、湖水色の瞳で見あげてくる。

「あれは、ラファル・フェン・ラファルを討伐する軍隊なんだよな？」

「うん」

答えながらも、アンは手を止めなかった。

「シャル・フェン・シャルの奴《やつ》は、どうなるんだ？　エリル・フェン・エリルは？」

「王国軍にとっては、多分……ラファルもシャルもエリルも、同じ妖精王だと思う」

「おい、じゃあ。あいつは？」

「どうなるか、わからない」

唇《くちびる》を噛《か》む。

「でも、今はわたしにできることは、これだけ」

ミスリルはしゅんと項垂《うなだ》れ、そして呟《つぶや》く。

「そうだなぁ。俺様も、そうだよなぁ。でも責任感じるなぁ、俺様。シャル・フェン・シャルに妖精《ようせい》王を引き継《つ》がせたのは、俺様なんだから」

いまだにミスリルは、実は自分が妖精王で、その権利をシャルに引き継がせたのだと勘違《かんちが》いしたままらしい。けれどその勘違いも真実も、今となってはどちらも同じだ。結局シャルは、妖精王としての運命を背負っているということなのだ。

「あなたが責任を感じることないよ。シャルは、納得《なっとく》しているもの」

「そうかな」

ミスリルは再び色粉の瓶の整理と、道具の並べ替《か》えをはじめたが、ちらちらと周囲の会話を気にしているのがわかった。

アンは気にしないようにしていたが、断片《だんぺん》的な会話が耳に入ってくる。

「ノーザンブローに、妖精王が出現したらしいじゃないか」

「まさか。五百年前の妖精王か？　祖王が滅《ほろ》ぼしたのじゃなかったのか？」

「五百年前の妖精王が、どこかに隠《かく》していた石から、生まれてしまったらしい」

「だから国王陛下が自らの出陣か」

国王出陣の噂《うわさ》が広まれば、ルイストン中の人々がこぞって見物に向かうだろう。ルイストン近郊《きんこう》の村々や、遠く街道《かいどう》筋からも、見物人は集まるはずだ。

戦《いくさ》見物というのは、いつの時代にもあるものだと聞いたことがある。

戦場となった場所に住む者や、戦っている本人たちは文字通りの命がけであるのに、人間の野次馬根性《やじうまこんじょう》というのは計り知れない。嫌《いや》なものだと思うが、そうやって戦に興奮して見物を楽しむのは、何も特別な趣味《しゅみ》の人間ではなく、どこにでもいる平凡《へいぼん》な人間で、しかもたくさんいるらしい。

こと今回は五百年前の伝説、祖王セドリックと妖精王との戦いを思い起こさせる戦いなのだから、王国軍を追って、戦場まで見物に出かける人間が多数いるだろう。

ラファルの率いる妖精たちは、軍隊と呼べるほど大規模ではないはずだ。となると一方的な戦いになり、人間たちは悠々《ゆうゆう》と、高みの見物を楽しもうとするかもしれない。

「ノーザンブローに妹が嫁《とつ》いでるんだ。どうなってるんだ？　あっちは」

「妖精王は、ノーザンブローにはもういないって話だ」

「ギルム州を南下しているらしい」

「ハリントン州に近づいてるとさ」

「だからすぐに王国軍が立ったのさ」

不安げに、あるいは興奮して会話しながらも、職人たちの手は止まっていなかった。

彼等とて王国軍の出陣に興味はあるのだろうが、今は仕事を抜《ぬ》け出して野次馬に交じるほどの余裕《よゆう》がないのだ。そしてちらりと、背後の作業台で黙々《もくもく》と仕事をこなす妖精たちに目をやりもするが、彼等に対してなにかを仕掛《しか》けることもしない。

妖精たちの耳は職人の会話を聞いているのだろうが、まるで聞こえないかのように仕事を続けている。そうやって聞こえないふりをして淡々《たんたん》と仕事をこなすのは、人間に使役《しえき》され続けてきたからこそ身についた習慣なのかもしれなかった。だが、それぞれの目には戸惑《とまど》いと不安がわずかに見える。お互《たが》いに時々視線を交《か》わしあい、その不安を確認《かくにん》している。

職人たちの声は、極力聞くまいと努力した。聞いてしまえば、シャルのことを考えてしまって息苦しくなるばかりだ。

──王国全土の砂糖林檎《りんご》が熟《う》れきって落ちてしまうまで、ヒューの読みでは、あと十日もない。この四日間で砂糖菓子《がし》が完成して、その後すぐさま最初の銀砂糖が手に入ったとしても、ぎりぎり。けれど完成した砂糖菓子がいつ、どんな幸運を運んでくれるかなんて、誰《だれ》にもわからない。

しかし、だからこそ完成を目指して作るしかない。

作り上げた砂糖菓子が、完成した瞬間。なんらかの幸運を一気に引き寄せるような、そんな期待を抱《いだ》きながら作るのだ。

白い天幕の中には、明るい光が降りそそいでいた。

アンは恋人の姿を手探《てさぐ》りで探すように、手を動かし続けていた。

「はいは〜い。みんなぁ、お昼のお食事だよぉ〜」

がたがたと石畳《いしだたみ》の上を移動する車輪の音がして、よく知っているふわふわした声が王城前広場に響《ひび》いた。そちらに目をやると、小さな手押し車を押して、妖精が王城前の広場に入ってきたところだった。

遠目で見ると、手押し車を押しているのは小柄《こがら》で華奢《きゃしゃ》な少年の姿をした妖精で、赤茶けた髪《かみ》色が目をひいた。その肩《かた》には、ふわふわの緑色の髪の毛をした妖精がいる。顔はよくわからないが、声からしてベンジャミンだろう。

手押し車は広場の中央に止まった。妖精ベンジャミンは軽く羽ばたき、手押し車の上に着地すると、荷台に載《の》せられていたスープの鍋《なべ》の蓋《ふた》を器用に一つずつ開けていく。すると温かみのある香《かお》りが一気に広がり、職人たちが顔をあげる。

「うおぉぉぉぉお！　食事だ！」

ミスリルが真っ先に、手押し車に向かってぴょんぴょんと跳《は》ねていった。

他《ほか》の職人たちもばらばらと手押し車に近づいていく。

ベンジャミンは大きなお玉をかかえて、鍋の縁《ふち》に立つ。赤茶けた髪色の少年妖精は、木の椀《わん》を鍋の上に差し出してベンジャミンにスープを注いでもらうと、それを職人たちに手渡《てわた》しはじめた。

——食事。

シャルは食事をしているのだろうか、と考えながらアンがぼんやりとしていると、不意に背中をどやしつけられた。

「おい、行くぞ。さっさと食って、さっさと仕事だ」

キャットが顎《あご》をしゃくって歩き出そうとするので、アンは口ごもった。

「でも、キャット。わたしは食欲がなくて」

もしシャルが食べていなかったらと思うと、自分だけ食事をしたくなかった。するとキャットは、細い眉《まゆ》をつりあげ、

「食欲がねぇだ？　洒落《しゃれ》たことぬかしてんじゃねぇ！　馬鹿野郎《ばかやろう》が！　食わなきゃ体力が持たずに、結局、働けねぇ。食いたくなくても、無理矢理《むりやり》食っとけ！」

ぐいとアンの手首を握《にぎ》り、ずんずん歩き出した。

「キャット。でも」

「しのごのぬかすな！　食え！」

手押し車のところまで来ると、キャットはスープの椀を一つ受け取り、アンに向かって突《つ》き出した。とても食べたくないと思った。だがキャットの言うとおり、仕事をするためには絶対に必要なことだ。アンは椀を受け取り、ぼそりと謝った。

「すみません。ありがとうございます」

まだまだ甘い、自分の心の弱さを感じる。けれどそうとわかったからには、これをお腹《なか》に納める努力をしようと、椀を両手で包んだ。

キャットはふんと鼻を鳴らし、自分の分のスープを受け取った。

「スプーン、もらえますか？」

とにかく食べようと、赤茶けた髪色の少年妖精の背中にお願いした。すると彼はぎくりとしたように一瞬《いっしゅん》肩《かた》を揺《ゆ》らしたが、すぐにこくりと頷《うなず》き、うつむき加減のまま後ろ手に、木のスプーンを渡《わた》してくれる。

キャットも彼からスプーンを受け取りながら、不審《ふしん》げな顔になる。

「見ねぇ顔だな。ホリーリーフ城にいたか？」

「なんだぁ～、忘れちゃったのぉ～、キャット」

ベンジャミンはお椀にスープを注ぎながら、ほわほわと笑った。

「僕一人じゃ台所仕事大変だからぁ、お手伝いのために、僕のお友達を一人妖精市場から買い取ってほしいってお願いしたじゃない～。キャット、『好きにしな』って言って、銀砂糖子爵《ししやく》に出す書類にサインしてくれたもん」

「そういや、そんなこと……あったか？」

キャットはそれで納得したらしく、少年妖精の肩をぽんと叩《たた》く。

「よろしく頼《たの》む。食い物は、大事だからな」

少年妖精《ようせい》はそれにもびくっとしたが、そろりと頷く。どことなく全《すべ》てに怯《おび》えているような様子が痛々しく感じて、アンは笑顔《えがお》で訊《き》いた。

「ねぇ、あなたの名前は？」

「ニャンニャンちゃんだよぉ～」

後ろを向いたままの少年妖精に代わって、ベンジャミンが答えた。アンは目をぱちくりさせた。

「ニャンニャン？　それ、名前？」

「何言ってんだベンジャミン！　違《ちが》うだろう⁉　こいつの名前は、ワンワンだ！」

二杯《はい》目のスープを取りに来たらしいミスリルが、お椀を振《ふ》り回しながら抗議《こうぎ》した。

「どっちにしても、ひでぇ名前じゃねぇか。誰がつけやがった」

呆《あき》れたようなキャットに向かって、ミスリルはむふっと胸を張る。

「俺様が名付け親だ！　こいつは自分の名前を忘れちまったっていうから、つけてやったんだ」

「嫌がらせか、あるいはふざけてんのかよ、てめぇ」

「なんだと⁉　ワンワンのどこが悪い」

「逆に、どこがいいんだ⁉」

「愛らしいうえに、おまえの名前とコンビにできる！　完璧《かんぺき》だ！」

「なにがコンビだ!? 俺はこいつと組んで、漫才《まんざい》やる気はねぇぞ!」

喚《わめ》きあうミスリルとキャットを眺《なが》めながら、立ったままスープを口に運びつつ、アンは黙々と給仕《きゅうじ》をしている少年妖精の背に問いかけた。

「ねぇ、あなた。名前はワンワンで、ほんとうに大丈夫《だいじょうぶ》?」

ぴたりと、少年妖精の動きが止まった。なにも言葉を発しないが、背中が「ワンワンなんて絶対いやだ!」と全力で訴《うった》えかけている。

「本当なら、本来の自分の名前を思い出せればいいのにね」

アンが言うと、少年妖精はこくりと頷く。

「でも、忘れちゃったの?」

再び、頷く。

「じゃあ、わたしたちがつけてもいい? 素敵《すてき》な名前、考えるから」

さらに、頷く。

喚きあいがおさまり、途中《とちゅう》からアンの言葉を聞いていたらしいミスリルは、がくりと項垂《うなだ》れた。

「ワンワンは……駄目《だめ》か」

「駄目じゃないけど、この子にもっとふさわしい名前があれば、それがいいかなって」

キャットはスープをせっせと口に運びながら、口を挟《はさ》む。

「せっかくの台所番だ。名前のおかげで拗《す》ねてもらっちゃ困るから、とりあえずこいつが納得《なっとく》する名前が必要だな」

アンもキャットもスープを立ち食いしつつ、いろいろと考えを巡《めぐ》らせた。

ミスリルは二杯目のスープを手にして石畳の上に座り、なんとなく落ちこんだ様子でこちらに背中を見せていた。

——この子に必要な名前がいい。でもこの子がどんな子か知らないから、誰《だれ》にでも必要なものがいい。必要なもの。

必要なものの名前を考えて、アンはふと口にした。

「フェリックス」

「あ?」

キャットが片眉をあげた。

「今、ここにいるみんなにも必要なものだから。誰にでも、必要なものだから」

「ああ、なるほどな。フェリックスの語源は、幸運か。いいんじゃねぇか? すくなくとも、ワンワンやニャンニャンよりは」

「ねぇ、どうかな? フェリックスって。好きな響き?」

少年妖精は戸惑《とまど》った様子だったが、ほんの少しだけこちらをふり返って頷く。赤茶けた髪に半分隠《かく》されてはいたが、ちらりと見えたその横顔の線は、とてもなめらかで美しかった。彼はずっとうつむき加減で、髪で顔を隠すようなそぶりばかりしているが、もしかしたら、その顔の美しさでひどい目にあったことがあるのかもしれないと思えた。

そうであるならば、彼にも幸運が必要な気がする。

「じゃ、フェリックスね。食事をありがとう、フェリックス」

お椀《わん》を返して、アンは少年妖精に手を振った。キャットもベンジャミンも、次々にお椀を返すと、職人たちはまた仕事に戻《もど》った。

「うふふ。ニャンニャン改め、フェリックスだねぇ〜。素敵〜」

白い天幕の外側に止められた荷馬車の中には、まだ五つも大鍋《おおなべ》が残っていた。

エリルは手押し車を押して天幕を出た。そして空になった鍋を馬車の荷台に戻し、スープで満たされた別の鍋を三つ、馬車の荷台から手押し車に移していた。

昨夜からこうやって食事の手伝いをはじめたが、ようやく、すこし要領がわかってきた。

ベンジャミンは手押し車の縁《ふち》に座って足をぶらぶらさせ、ふわふわと笑っている。エリルは恨《うら》みがましく、彼を見やる。ベンジャミンはなにも知らずにあそこへ食事を運ばせたのだろうが、エリルはずっと、ひやひやし通しだった。

ミスリルに加え、アンまであの場所にいるのを見たときは、本気で逃《に》げだそうかと思った。しかし幸いにも彼女たちはエリルの正体に気づくこともなく、やり過ごせた。

──でもシャルは？　どこにいるの？　アンと一緒《いっしょ》にいなかった。

そのことが気になって物思いに沈《しず》んでいると、ベンジャミンが小首を傾《かし》げる。

「なあにぃ？　なにか心配事ぉ？」

「いないから」

「誰が？」

思わず答えてしまって、しまったと思った。適当に誤魔化《ごまか》すことも出来ず、仕方なく口にした。

「あの……黒い髪《かみ》の黒曜石の妖精が……。綺麗《きれい》な妖精が、いるって聞いていたから」

「ああ、シャルの事ねぇ〜。彼はねぇ、自分のやるべき事をやっているらしいのぉ。なんのことだかよく分からないけどねぇ、僕には」

「やるべき事？」

シャルのやるべき事とは、なんだろうか。

──それは妖精王として？

アンの側《そば》にいないのだから、おそらくそうだろう。彼はいつもアンの側にいて、アンを守ることを使命にしているように思えた。それはラファルがエリルを大切に扱《あつか》い、守ろうとしていたのと似た姿だった。それなのに彼は、アンをこの場所に一人で置いて、何をしようというのだろうか。

——彼は、なにかをしようとしているの？　王として？　でも、僕は……。

自分一人が、全てのことに背を向けて逃げ出したことに、なんともいえない重苦しいものが胸にたまる。

「それにしても素敵な名前をもらったねぇ。でもねぇ、自分の本当の名前を思い出せる方がいいんだけどねぇ～。ここの妖精たちはみんな、本当の名前で呼ばれてるからねぇ。あ、僕は別。僕がこの名前を気に入ってるからだしぃ」

「僕は名前なんて、どうでもいい」

エリルは手押し車に手をかけると、南側に続く、隧道《すいどう》のようになった天幕の方を指さす。

「今度はあっちに行けばいいの？」

「そうそう～。でもぉ、名前って、どうでもいいものじゃないよぉ」

「どうして？」

手押し車を押して歩き出しながら問うと、ベンジャミンは歌うように告げた。

「だって呼ばれる名前が、呼ばれた者の存在を現すんだぁ」

「どういうこと？」

「僕はぁ、ベンジャミン。キャットっていう、砂糖菓子《がし》職人に使役《しえき》されている妖精だから、そういう名前でここにいるのぉ。だけどもし僕が、僕の本当の名前で呼ばれれば、僕はねぇ、キャットと一緒にいられない、渡《わた》り妖精《ようせい》の自分になるの。名前はねぇ、その者のあり方を示すんだよぉ」

「僕にはよくわからない。そんなの」

拗ねて答えると、ベンジャミンはひょいっとエリルの肩《かた》に飛び移り、頬《ほお》を優《やさ》しく撫《な》でた。

「わからなくてもいいよぉ。ただ、教えてるだけだからぁ。渡り妖精の心得だから、覚えておくだけでいいのぉ、意味はわからなくてもねぇ」

白い天幕を再び潜《くぐ》り、長く延びる白の天幕の下を南下すると、妖精たちの姿が多くなる。

街路の中央に据《す》えられた作業台に散らばって、妖精たちは練りの作業、銀砂糖の糸を紡《つむ》ぐ作業、それを織る作業と分担して、黙々《もくもく》と仕事をこなしている。

この天幕の中は適度に乾燥し、しかも銀砂糖の甘い香《かお》りが満ちていた。

ここに足を踏《ふ》み入れた昨夜、空気の心地《ここち》よさに、もやもやとしていた心が軽くなったほどだった。

歩きながらエリルは、職人たちの動きと、その指先にある砂糖菓子を興味深く見つめていた。

昨夜もここに来たが、ここで給仕をするのは気が楽だった。

砂糖菓子を作る妖精たちは、今までエリルが接触《せっしょく》してきた戦闘《せんとう》力に長《た》けた、荒《すさ》んだ雰囲気《ふんいき》のある妖精たちとは違《ちが》い、みんな穏《おだ》やかで善良そうだったからだ。こんな仲間がたくさんいるのだということが、新鮮《しんせん》だった。

「よう、来たな！」

エリルとベンジャミンの姿を一番に見つけて声をかけてきたのは、濃《こ》い藍色《あいいろ》の髪色をした、野性味のある風貌《ふうぼう》の妖精だった。確かアレルと仲間から呼ばれていて、なんとなく、仲間たちからリーダー的な存在として見られている雰囲気が感じられた。

「飯だぞ！　来いよ！」

周囲にいる妖精たちに声をかけ、肩を叩《たた》き、背をどやしつけながら、アレルは手押し車に向かって近づいてきた。そして親しげに手をあげて挨拶《あいさつ》する。

「ご苦労だな、ベンジャミン。と、ニャンニャン」

笑いを噛《か》み殺しながら呼ばれたので、エリルは口をへの字に曲げた。

「もう名前を変えた」

「へぇ、じゃ、なんだい？　新しい名前は」

「フェリックス」

「普通《ふつう》になっちまったんだな。つまらないな」

エリルたちが給仕《きゅうじ》の準備を始めていると、あちらこちらから、手のすいた妖精たちがぱらぱらと集まってくる。おとなしく準備を待っていたアレルだったが、ふいに声を落として囁《ささや》くように訊《き》いた。

「ベンジャミンと、フェリックス。おまえら、なにか噂《うわさ》を聞いたか？」

「噂って〜？　なにぃ〜？」

のんびり問い返すベンジャミンに対して、アレルはさらに声を落とす。

「人間の王が王城の北側から出陣《しゅつじん》したらしい。その目的は、妖精王を討伐《とうばつ》するためなんだとよ」

手にしていたお椀を、エリルは思わず取り落とした。お椀は石畳《いしだたみ》に跳《は》ね返り、高い音を響《ひび》かせた。

「あ、ごめんなさい」

しゃがみこんでお椀を拾おうとするが、その頭の上でアレルは、ベンジャミンに対してまだ喋《しゃべ》っている。

「ギルム州に、妖精王を名乗る妖精が現れて、人間を襲《おそ》いながら、ハリントン州に向かって南下してるらしい。あくまで噂なんだが、実際、王国軍が動いているしな。ベンジャミンなら、あちこちに顔を出すだろう。なにか知っているかと思ったんだがな、どうだ？」

「うう〜ん。知らない〜」

エリルは、内側から胸が破裂《はれつ》しそうなほど、自分の中で膨《ふく》れあがるなにかを感じていた。

——ラファルだ。シャルは人間を襲わないから、間違《まちが》いない。こちらに向かってるのは、ラファルなんだ。

大きくなってくるのは、ラファルのもとから逃げ出した罪悪感だろうか。

ラファルが何を考えて、どうして妖精王と名乗り、人間を襲っているのか。それを考えると、全《すべ》てが自分のせいである気がしてくる。そしてその彼を討《う》つために人間が軍隊を出した事実が、衝撃《しょうげき》だった。

多少仲間が増えたとしても、人間の軍隊が押し寄せれば、ラファルが太刀《たち》打ち出来るとは思えない。彼の戦闘力は素晴《すば》らしいが、数の力では圧倒《あっとう》的に不利なのだ。蟻《あり》の群れは、大きな生き物によってたかって襲いかかり、食い尽《つ》くしてしまうではないか。

——なぜ、どうしてそんなこと？　でもなんとかしないと、ラファルが死ぬかも。なんとかしないと！　でも僕が一人戻《もど》っても、人間の軍隊には勝てない。数が必要なのに。

硬直《こうちょく》して動きを止めたエリルの様子にようやく気がついたらしく、アレルが膝《ひざ》をついて顔を覗《のぞ》きこんでくる。

「おい、どうした？　気分でも悪いか？」

顔をあげ、アレルの意志が強そうな顔を見て、はっとした。

——そうだ。

ここには妖精たちが集められている。彼等は自分たちの羽を取り戻しており、自由にどこへでも行ける身分なのだと、ベンジャミンは昨夜、説明してくれた。

「ねぇ、あなたたち。このままじゃ妖精王が殺されるかもしれないって思わない？」

戦闘能力が低くとも、数には違いないのだ。もし彼等を動かすことができれば、ラファルはすこしなりとも有利になりはしないだろうか。

――ここの妖精たちが全員、ラファルと一緒《いっしょ》に戦ってくれれば。もしかしたら。

そんな考えが浮《う》かんだ。

「ああ、殺されるだろうな」

暗い目をして、アレルはため息混じりに答えた。

「じゃ、助けに……」

と言おうとしたが、その前にアレルは言葉を続けていた。

「妖精王が、おとなしく殺されてくれればいいがな」

「……え？」

エリルは目を見開き、その言葉は聞き間違いかと思って、微笑《びしょう》した。

「なにを言ったの？　僕は、聞き損《そこ》ねてしまったかもしれない」

「妖精王を名乗ってる奴《やつ》が、これ以上馬鹿《ばか》な真似《まね》をせずに、人間から恨《うら》みを買わないように、あっさり殺されてくれればいいがな」

言いながら立ちあがったアレルを追うように、エリルはぱっと立ちあがった。

「あなた、なにを言っているの!?」

思わずアレルの胸《むな》ぐらを摑《つか》むと、彼は驚《おどろ》いたように目を瞬《しばたた》く。

「どうしたんだ、おい」

その目にわずかな怯《おび》えが走る。そして、

「おまえ……何から生まれたんだ？」

と訊いてきたのは、同種族の感覚として、エリルの戦闘能力の高さを感じたらしい。だがエリルは、彼の問いなど耳に入っていなかった。

「妖精王は、妖精の王じゃないの!?　それが死んでもいいの!?」

「死んでいいわけじゃないが、……俺たちの邪魔《じゃま》をする妖精王なんぞ必要ないだろう」

「邪魔？　邪魔って、どうして」

愕然《がくぜん》とした。徐々《じょじょ》にエリルの手の力が弱まると、アレルは諭《さと》すような落ち着いた声で答えた。

「おまえ、今の俺たちが人間と戦って勝てると思うのか？　もし勝てたとしても、人間がそのまま、おとなしくしてると思うか？　また反撃《はんげき》されるぜ。泥沼《どろぬま》だ」

「それは」

「俺たちゃ、身にしみて知ってる。一足飛びに、妖精王が世界を変えてくれるなんて馬鹿なこと、考えちゃいない。いや……そうだろうと、教えてくれた奴がいた。だから、ゆっくりと人間と混じり合っていく方法が一番いいと、俺たちは思う。そのために、ここで仕事をしているんだ。そのために、涙《なみだ》を呑《の》んで妖精市場に帰った連中だっている。なのに、ここで妖精王が人間に恨みを買っちまったら、混じり合うなんて事は、また千年先まで不可能になるかもしれないだろう」

アレルの胸ぐらを摑んでいたエリルの手が離《はな》れ、力なく垂れた。

——戦ってくれって、僕に向かって跪《ひざまず》いた妖精《ようせい》もいた。

ビルセス山脈の奥深くで、戦士妖精たちはエリルに向かって頭《こうべ》を垂れ、戦ってくれと望んだ。

だが今、目の前にいる彼等は、戦うどころか、戦う妖精王など邪魔だとまで言った。

——どちらも、本当の声。だけどまったく逆の願い。じゃあ真逆の願いを突《つ》きつけられた僕は、ラファルは、シャルは、どうすればいいの。

軽く頭に手を添《そ》えて、眉《まゆ》をひそめる。

——また考えなくちゃいけない？　これが生きるために必要なこと？

「おい、どうしたよ。フェリックス」

心配そうにアレルが手を伸《の》ばしてきたが、エリルはそれを払《はら》いのけ駆《か》けだした。声をかけようとしたベンジャミンを無視し、妖精たちに背を見せ、白い天幕からも飛び出した。

——ぼくには、わからない！　わからない、わからない！

三章　恋《こい》する指と最後の砂糖菓子《かし》

シャルは待っていた。

そこはギルム州の州都ノーザンブローと、ハリントン州の州都でもあり王都でもあるルイストンを繋《つな》ぐ街道《かいどう》を見おろす、山肌《やまはだ》にせり出した崖《がけ》の上だった。

ルイストンからさほど離れておらず、馬で半日も行けばルイストンへ帰れる。

ルイストン郊外《こうがい》へ続く川が街道に沿うように見えた。その川岸は深くえぐれて、落ちこんでいる。川幅《かわはば》は狭《せま》く、両岸は切り立っているために、流れは激しく速い。岸にぶつかる流れは白い波頭になって泡立《あわだ》ち続けており、その激しい水の圧力が、長年かけて岸をえぐり取っていったのだ。

澄《す》みきって高い秋空を見あげていると、風が吹《ふ》いてシャルの髪《かみ》を吹き散らす。羽の付け根は薄青《うすあお》い色だったが、先端《せんたん》に行くほど緑っぽく変化していた。半透明《はんとうめい》なその羽の輝《かがや》きも、秋の日の光を反射して柔《やわ》らかく穏《おだ》やかだ。

——ラファルは、必ずここに来る。

妖精商人ギルドの長《おさ》レジナルド・ストーは、ラファルの動きに関して詳細《しょうさい》な情報を持っていた。

最初、ラファルはノーザンブロー近郊《きんこう》で、妖精狩人《かりゅうど》と妖精商人の取引の場に踏《ふ》み込み、そこにいた人間のほとんどを殺し、妖精たちを連れて行った。

この時、たった一人だけ生き残った人間が州公へ訴《うった》え、事件はすぐに発覚するところとなり、その情報がルイストンのエドモンド二世のもとにも届いたのだ。

生き残った妖精商人は「わざと逃《に》がされたような気がする」と証言していたらしい。

――おそらくラファルは、わざと逃がした。人間に、己《おのれ》の存在を誇示《こじ》するために。

その後ラファルは、次々と人間の村を襲《おそ》い、さらには旅人の馬車を襲ったりしている。

彼等の現れた場所を、地図の上で時系列順に追っていくと、ラファルの明確な意図が読めてきた。

ラファルはノーザンブローからルイストンへ向かう道筋で、転々と事を起こしている。しかも徐々に南下している。彼は、じりじりとルイストンに迫《せま》っていることを、人間たちに知らしめようとしているとしか思えない。

襲撃《しゅうげき》の後は、必ず一人だけ人間を逃がしているのだ。その一人の口から、妖精王という言葉を言わせるためだろう。

ラファルは人間たちを挑発《ちょうはつ》している。そしてその存在を誇示し、何かを引き寄せようとしている。その何かとは、逃げ出してしまったエリルに違《ちが》いない。

エリルとて食べ物を得るために、人間の住む町や村の周囲をうろついているはず。これだけ派手に暴れ回っていれば、エリルの耳にも、妖精王の噂《うわさ》は届くだろう。

噂を耳にすれば、精神的に幼い彼のことだ。ラファルの存在に引き寄せられる可能性が高い。

そうなのであれば、ラファルを見つけることが、エリルを見つけることにも繋がる。

この場所は、北と南を繋ぐ街道の中で最も急峻《きゅうしゅん》な地形に囲まれている。

街道の東側には切り立った山肌が続く。

この街道を通らずにその山を迂回《うかい》しようと試みれば、ルイストンからはるか東へと逸《そ》れていくので、この街道を通るしかない。

そして街道西側には川が迫っており、街道を通らずに西に迂回しようとすれば、ルイストンから西へ西へと、逸れていく。

そんな地形が、数キャロン続くので、南下する者は必ずこの街道を通るはず。

ラファルはこの道を北からやってくると確信していた。

己の存在を誇示しながらルイストンへ向かおうとしているらしい彼が、こそこそと街道を迂回して目的地に向かうとは思えない。

ラファルは堂々と、薄笑《うすわら》いさえ浮かべて、この道をやってくるはずだ。

正面から人間たちの軍隊がやってくるのさえ覚悟《かくご》の上で、それでも彼は悠然《ゆうぜん》とやってくるに違いない。彼の目的はわからない。目的などないのかもしれない。彼は未来など見ることなく、ただ荒《あ》れ狂《くる》っているだけなのかもしれない。

「俺が、止めてやる」

哀《あわ》れだと思う。

兄弟石の妖精は、憎《にく》しみに取り憑《つ》かれ、後先を見ることすら不可能になっている。唯一《ゆいいつ》、彼を理屈《りくつ》に合った行動に導く縁《よすが》であったはずの兄弟石の妖精が姿を消したことで、歯止めがきかなくなっている。

ラファルを倒《たお》し、そしてエリルを見つけ出す。それが果たして、あと数日で可能なのか。もし可能であったとしても、妖精王に対する討伐軍《とうばつぐん》が出陣《しゅつじん》してしまったのであれば、その軍隊は果たして、シャルを見逃《みのが》してくれるのか。砂糖林檎《りんご》の実が熟《う》れきって落ちてしまうまでに、最初の銀砂糖は手に入るのか。

不安が胸の中で黒くわだかまるのを、シャルは瞳《ひとみ》を閉じて堪《た》える。

——アン。

恋人《こいびと》の髪の甘い銀砂糖の香《かお》りと、抱《だ》きしめた腰《こし》の細さ、ふわふわした肌《はだ》の感触《かんしょく》を思い出そうと試みる。

——必ず、おまえの幸福を守る。そして、ともに生きる。

ノーザンブローから南下する道すがら集まった妖精たちの数は、百に届く。

だがラファルは、改めて仲間の数を、数えなおしてみようという気にはならなかった。

ラファルが引き連れている彼等はみな屈強《くっきょう》で、戦闘《せんとう》に長《た》けている。戦えない妖精たちは、ついて来る必要はないと言って自由にしてやったのだから当然だ。

人間たちが戦士妖精と呼んで頼《たよ》りにする妖精たちが百も集まれば、うまくすれば、人間の守る小さな砦《とりで》一つくらいは落とせるのかもしれない。

だが人間たちが本気で軍隊を組織して押し寄せてくれば、いくら戦いに長けた妖精たちとは言え、多勢に無勢だ。

――だがこれによって、シャル・フェン・シャルが画策したものは、ついえる。人間たちはもはや手ぬるい妥協《だきょう》をしなくなる。その決定的な瞬間《しゅんかん》を見ろ、エリル。

堂々と街道を歩いていると、強い秋風がラファルの曖昧《あいまい》な色の髪を吹き散らす。口元に微笑《びしょう》を浮《う》かべるその姿は、かぐわしいほどの甘さに艶《つや》めく。

――エリル。どこにいる？　その瞬間を見ろ、エリル。妖精と人間は相容《あいい》れない生き物だということを心に刻み、妖精王として声高く命じろ。戦えと、仲間たちに。そして、わたしに。

人間たちは北のノーザンブローから、ラファルたちの背後を取るように追ってくることもなく、街道の要所要所にある小さな街から、出撃《しゅつげき》してくる様子もない。

百人の戦士妖精《ようせい》を相手にしてはかなわないと踏んで、息をひそめてやり過ごしているのだろう。そうやってやり過ごし、むざむざラファルたちを南下させているのには理由があるはず。

ラファルたちの向かう先に、周到《しゅうとう》な準備がしてあるに違いない。

人間たちが、妖精との妥協を一切拒否《いっさいきょひ》するための準備が、ラファルを待ち受けているはずだ。

――シャル・フェン・シャル。おまえも見るだろうか。おまえが口にした、希望というものが砕《くだ》ける瞬間を。

想像すると、声を出して笑いたいほどに悦《よろこ》びがわきあがる。


白の銀砂糖に、黒い色粉を混ぜる。それに水を加えて手早く練りあげると、艶めく漆黒《しっこく》の銀砂糖になる。アンはそれを一部掌《てのひら》に取ると、作業台の上を見回す。するとミスリルが絶妙《ぜつみょう》なタイミングで、はずみ車を差し出してくれた。

「これだよな？」

「うん、ありがとう。助かる。ミスリルがいてくれると、作業が早い」

つい褒《ほ》めてしまうと、ミスリルは腰に手を当ててふんぞり返る。

「まあなっ！　けど俺様がこうやって助手をしてやるのは、アンだけにする。俺様はこれから色の妖精として修業《しゅぎょう》するんだからな」

「ねぇ、でも色の妖精って、今は誰《だれ》も存在しないのよね？　どうやって修業するの、師匠《ししょう》はいないのに？」

砂糖菓子《がし》職人は師匠について技術を習得する。しかし師匠の存在しない色の妖精は、どうやったらなれるのだろうか。

ミスリルはさらに顎《あご》をあげて、鼻の穴を膨《ふく》らませた。背にある小さな片羽が、ぴんと伸《の》びる。

「俺様が独自に研究して、開発する！　俺様が師匠になるんだ！　いうなれば俺様自身の感覚が師匠だ」

意外な答えに目を瞬《またた》くが、徐々《じょじょ》に笑《え》みがあふれる。

――すごいこと考えてる。

ミスリルの考えは、的外れなことも多々あるのだが、単純明快だからこそ真実をついていることもある。あれこれ悩《なや》まないからこそ、新しい道を見つけるのかもしれない。

「そっか。うん、いいね」

「だろ？」

得意げなミスリルに勇気づけられるように、アンは再度、手にした銀砂糖とはずみ車に視線を戻《もど》す。軽く目を閉じ、息をつき、エリオットと共にやりなおした修業を思い出す。

ブリジットの震《ふる》える心を形にしたいと紡《つむ》いだ、金色の繭《まゆ》の糸。

——手の動き。タイミング。瞬きの数。

反芻《はんすう》すると、目を開けた。

銀砂糖の端《はし》っこを細く縒《よ》り出し、はずみ車の芯《しん》に巻きつける。そして勢いをつけて、一気にはずみ車を宙に放す。はずみ車がまわると、その勢いで、アンの手の中から銀砂糖がするすると糸になって滑《すべ》り出ていく。

紡がれる糸は、アンの、シャルへの恋《こい》しさのようによどみなく、際限ない気がした。

呼吸を計り、瞬きの数を数えながら、それでも胸の中にいっぱいにあふれる恋しさが、するすると滑り出していく。

気配を感じるほど近くで、キャットも銀砂糖の糸を紡いでいる。彼の糸は、銀を混ぜたような光沢《こうたく》がある白。

見習いたちがぱたぱたと駆《か》け回っている靴音《くつおと》を聞きながら、アンは周囲が薄暗《うすぐら》くなっていることに気がついた。見習いたちは、作業場全体に明かりを灯《とも》すために走り回っているらしい。

——この夜が明ければ、あと三日間。

はずみ車を、上へ撥《は》ねあげた。ぐんとはずみ車が持ち上がり、それを、もう一方の手で受け止める。

はずみ車の芯に巻きついた黒い銀砂糖の糸は、黒曜石を混ぜ込んだような艶《つや》で、幾重《いくえ》にも重なるそれは、ランタンの光を反射してきらめいている。

黒は、美しい色だと感じる。

今度は、少しだけ銀の色味を加えた黒の銀砂糖で、糸を紡ぐ。それは先刻の漆黒の銀砂糖よりもいくぶん灰色がかっている。それらを何十と紡ぎ終わると、今度は織機を、作業台の近くへ移動させた。

素早《すばや》く、慎重《しんちょう》に、息を殺して。

ビルセス山脈の、最初の砂糖林檎の木の下で、銀砂糖妖精筆頭に見せられた手つきを思い浮かべながら、慎重に織機に糸をかける。頭の中には、筆頭の指の動きが鮮明《せんめい》に残っており、その動きを指で追うことで、呼吸を計ることができる。

まるで筆頭の幻《まぼろし》が自分の上に重なるような、そんな感覚。

「あっ……」

ふいに脳裏《のうり》に、遠い昔に見たものが蘇《よみがえ》った。

幼いアンは箱形馬車の荷台の床《ゆか》に座りこみ、砂糖菓子を作り続けているエマの後ろ姿を見あげている。彼女の動きは迷いなくよどみなく、しかし、必要な時には、ぴたりと狂いなく止まっている。まるでエマの中に砂糖菓子を操《あやつ》る確かな存在があり、その存在がエマの手を動かしているかのような、アンから見れば神秘的な光景だった。

自分の今の動き方は、エマの動きに似ているかもしれない。迷いなくよどみなく動くのに、必要な時にぴたりと止まる。それは、銀砂糖妖精筆頭の動きが鮮明に自分の中に残っているからこそ。

エマと同じものを、アンは今、自分の体に重ねている。

その悦びが、自信になり、確信になる。

——ママと同じような銀砂糖師になりたかった。

織機に糸をかけ終わると、アンは慎重に織りはじめる。

漆黒の縦糸が一本おきに、一斉《いっせい》に、さざ波のように震えて上下する。そこへ銀を混ぜた黒の横糸を通す。そしてまた縦糸は震えながら上下する。

——でもわたしは、ママを超《こ》える銀砂糖師になりたいと誓《ちか》った。シャルとミスリル・リッド・ポッドと出会って、そう思った。

織機を動かしながら、一瞬《いっしゅん》だけ、作りかけの砂糖菓子に目を向ける。

エマは銀砂糖妖精筆頭に八十年間教えを乞《こ》い、砂糖菓子作りの技術を身につけた。

アンはエマから教わり、そして一度、全《すべ》ての技術をなくした。

けれどエリオットと共に、基本の技術を覚えなおした。

ヒューの動きを盗《ぬす》み、形を作るための準備の動きを覚えた。

そしてルルに、形を作るための、唯一《ゆいいつ》の方法を教えられた。

銀砂糖妖精筆頭からは、妖精が編み出した砂糖菓子作りの秘技を、あらためて教えられた。

エマは神にも等しい者から技術を教えられた。けれどたった一人に教えられるものは、一人の中で完結し、それ以上先には進めない。

しかしアンは、人間の職人たちや銀砂糖妖精たち、たくさんの人に教えられた。

それは神ほどの技量がないものだとしても、多様だからこそ、可能性がありはしないだろうか。

たくさんのものを、ちくはぐなままで終わらせず、アンが、自分の中で一つの形にまとめ上げる。そうすることによって、一人の神に教わるよりも、もっと生き生きとした技術になりはしないだろうか。

可能性という希望が、アンの気持ちを奮い立たせる。

――作りたい。

自分の中に注がれた思いや技術で、形を作ってみたかった。

ばらばらに獲得《かくとく》していったものを、違和感《いわかん》なく混じり合った一つのものにできるのは、アンの中でだけだ。アン自身が、やらなければならないことなのだ。

――自分の中にある技術や知識を、どうやったら一つにまとめ上げられるの？

織りあがったばかりの、薄布《うすぬの》のような砂糖菓子を慎重に作業台に移しながら、自らの指先に問いかけるように作業に集中していた。集中するあまり、余分な思考が削《そ》ぎ落とされて空白になった間隙《かんげき》を突《つ》くように、一つの思いが心の中に現れる。

——一つにするには、形を作るしかない。

自分の中にある技術をまとめるためには、それを総合してできあがる砂糖菓子を作るしかない。しかも感覚だよりではなく、一つ一つの作業を意識し、自分が今何をしているのか、どのようにしているのかを明確に意識しながら。

再修業の道は、技術や知識を必死で追い、自分の中に取りこみ、覚えることだった。

だがこれから先は、逆をするのだ。

自分の中にあるものを、自分の指先で目に見える形として外側へ出していく。

そして出されたものの意味を、再度意識して、明確に記憶《きおく》していく。

織りあがった銀砂糖を作業台の上に広げると、ミスリルがほうっとため息をついた。

「綺麗《きれい》な黒だなぁ」

作業台に広げられた銀砂糖は、まるで冬の夜空だ。吸い込まれそうなほど深い黒の色彩《しきさい》に、光を弾《はじ》く、細かな星が無数にちりばめられている。

「うん。綺麗よね、黒」

静かな決意と共にアンは頷《うなず》き、切り出しナイフを手に取った。

シャルの姿を心の中で追いながら、作るべき形と重ね、切り出すべき形と大きさを、作業台の上に見ようとする。

——衿《えり》。袖《そで》。背中。裾《すそ》……。

想像する、と。

——見えた。

ためらいなく、アンは切り出しナイフを銀砂糖にあてた。

キャットが、ちらりとこちらに目をやる。その視線を感じ、一つの曲線を切り出した後、アンも顔をあげてキャットの方を見やると、目が合った。

キャットはアンの手元にある銀砂糖の色味を確認《かくにん》していたらしく、目顔で、軽く頷く。

アンもキャットの手元を確認し、彼がアンと同じように切り出している、銀色を秘《ひ》めた白色の銀砂糖の色味を確認する。

黒と白。

色彩は違《ちが》うが、織り込まれている輝《かがや》きは同質のもだ。対《つい》の存在として、違和感はない。

軽く頷き返すと、キャットはすぐさま手元に視線を戻したので、アンも作業を再開する。

シャルへの愛《いと》しさを追うように、アンの指はよどみなく動く。時折手を止め、じっと静かに銀砂糖を見つめ、その中に必要な形を見いだそうとする。そして見つけると、動く。

アンは、彼の睫《まつげ》を間近で見た。その睫の一本一本まで再現しようと、銀砂糖を見つめ、動く。

アンに触《ふ》れた指の形を思い起こし、その形と感触《かんしょく》が蘇り、銀砂糖の中に重なれば動く。

手を止め、見つめ、動く。

繰《く》り返す動き。

それが自分の作るリズムになっていると、感じだしていた。

アンもキャットもミスリルも、休みなく作業を続けた。周囲が明るく白みはじめて、やっと夜明けを知るような始末だった。

かなりの長時間作業を続けていたが、興奮のためか疲《つか》れは感じなかった。

そうしていると、サリムを従えたヒューが、王城前広場に姿を現した。彼は広場の周囲の職人たちに声をかけ、それから最後に、アンとキャットの方へ近寄ってきた。

「進捗《しんちょく》は?」

問いながら、二人の職人が作り続けている造形を見あげる。

キャットは手にしていた切り出しナイフを、砂糖菓子《がし》の方へ向けて振《ふ》ってみせる。

「見りゃわかるだろうが。全体の進捗の報告は、夜中にてめぇの屋敷《やしき》に持って行かせただろうが」

「ああ。あれをもらったから、全体の指示を出すために出てきた」

ヒューは順次街路の南側から、全体のバランスを取るために確認を続けているのだろう。

街路を南から北まで埋《う》めるような造形は、ともすれば、ちぐはぐでばらばらのものを並べ立てただけになってしまう。彼はそれを防ぐために、適切に指示を出す必要があるのだ。

「全体のできは?　どうなの、ヒュー」

「多少手間取っている箇所《かしょ》はあるが、ほぼ計画通り。造形も悪くない。一番心配なのが、これだ」

彼が指さしたのは、アンとキャットが作業を続けている妖精《ようせい》王と人間王の造形だ。

「これが全体を締《し》める役割を担《にな》っている。造形は悪くない。色味の方向性も、技法も、適切だ。だが……」

アンとキャットは、同時に自分たちが作っているものをふり返った。キャットは少し眉根《まゆね》を寄せ、長い指で顎《あご》を撫《な》でた。

「そうだな……。なにか」

と呟《つぶや》く。

アンも真っ正面から砂糖菓子を見あげ、二人が言いたいことがわかった。

「なにか……物足りない」

口に出すと、ヒューとキャットが頷く。

──なにが足りないの？

アンは一歩、背後に足を引いてみた。何もわからないので、もう一歩。

一歩ずつ下がっていくと、ヒューとキャットが不審《ふしん》げな表情になる。

ミスリルが小首を傾《かし》げる。

──全体を見なくちゃ。

ふいに、そんな気がした。

アンはぱっと砂糖菓子に背中を向けると、南の街路へ向かって駆《か》け出した。

「おい⁉」

驚《おどろ》いたようなミスリルの声が背にあたるが、かまわず走る。すると慌《あわ》てて作業台から飛び降りたらしいミスリルが、軽《かろ》やかに跳躍《ちょうやく》し、ぽんとアンの肩《かた》に乗ってきた。

「どうしたんだよ、アン⁉」

「見たいの！」

「なにを⁉」

「全部！　作品の要《かなめ》に必要なものを知るのに、わたしは、全体を確認してない」

ヒューとキャットは、作業の全体像を把握《はあく》することも仕事のうちだったから、刻々と変化するそれらを把握している。自分の仕事に夢中で、全体を確認していないのはアンだけだった。

作業台が並べられ、冷水と銀砂糖の樽《たる》がそれらの隙間《すきま》に配置された街路は、巨大《きょだい》な工房《こうぼう》だ。見習いたちがせわしなく動き回り、妖精と人間の職人たちが、黙々《もくもく》と作業をこなしている中を、アンは体をよじり、「すみません」と断りを入れながら、南の端《はし》まで駆け抜《ぬ》けた。

南端《なんたん》まで来るとようやく立ち止まり、回れ右する。

息を切らしながらも、改めて、前方に続く景色を見る。職人たちの動きの向こうに並ぶ、砂糖菓子の形と色。

額の汗《あせ》を軽くぬぐって、今度は早足で、街路を北上する。目は、左右の造形をあまさず捉《とら》えようと、必死で動く。

「アン？」

早足で歩くアンに、時々声をかけてくれる人がいた。

最初は、ジョナスだった。彼はラドクリフ工房の職人たちと一緒《いっしょ》に作業をしているらしかったが、彼の傍《かたわ》らには相変わらずキャシーがいた。返事ができないほど集中していたので、アンが彼の横を黙《だま》って早足に通り過ぎると、赤毛のキャシーが、「失礼だわねぇ！」と、お冠《かんむり》だった。ミスリルはアンの肩の上から、キャシーに向かってあっかんべをした。

「アンか？」

次に、驚いたように声をかけてくれたのは、オーランドだった。彼等はペイジ工房に任された造形を担当しているらしく、周囲にはキング、ナディール、ヴァレンタインもいたらしい。

聞き覚えのある声が、

「よおっ！　アン」

「あれれれ、なにしてるの、アン」

「お黙りなさい、二人とも。顔をごらんなさい。彼女は、なにか考えているんですよ」

と、会話しているのが通り過ぎていく最中《さなか》に聞こえた。

連行されるアンを助ける手伝いをしてくれたお礼を言いたかったし、懐《なつ》かしかったが、立ち止まって彼等と会話する余裕《よゆう》はなかった。

「助けてくれて、ありがとう！　仕事が終わったら、みんなの所に行くから！　ごめんね」

通り過ぎ様にふり返って、かろうじてそれだけ言えた。するとペイジ工房の連中はみんなきょとんとして、そして一斉《いっせい》に笑い出した。

「アンらしいな、仕事馬鹿《ばか》だ！」

キングの野太い声が聞こえ、それを追うようにエリオットの声が、背後の何処《どこ》かから聞こえた。

「待っててやるから、ちゃんと仕事しなよ！　アン」

思わず笑《え》みがこぼれた。微笑《ほほえ》みながらも、さらにアンは早足で駆け抜ける。

「おい、あんた？」

「アン？」

銀砂糖妖精見習いたちの横をすり抜けると、アレルと、ノアのものらしい声も聞こえた。だがこれにも応《こた》えることができなかった。かわりにミスリルが、アンの肩の上から手を振ってくれた気配がした。

アンの頭の中には、今、目の前にある砂糖菓子の造形が、次々に流れ込んでくる。

――流れだ。これは、大きな流れ。うねり。これをおさめるために、最後の造形がある。

最後に辿《たど》り着いた王城前広場。

そこに踏《ふ》みこむと真っ正面に、アンとキャットが任された造形が目に飛びこんでくる配置。

そして徐々《じょじょ》に視界が広がり、広場の外周を囲む造形が、二人の王の砂糖菓子を中心にして、目に入ってくる。

「ない……」

アンはぽそりと、呟いた。

「え？　なにがだ」

アンの突然《とつぜん》の行動に文句一つ言わず、茶々一つ入れずにつきあってくれているミスリルは、この時もただ、アンの思考を促《うなが》すように訊《き》いてくれた。

「妖精王と人間王の間には、結ばれるべき絆《きずな》がある。それが、ない」

ようやくアンは笑顔を取り戻《もど》し、ミスリルの顔を見た。

「行こう。ミスリル・リッド・ポッド」

早足で広場の最奥《さいおう》まで戻ると、キャットとヒューは、顔をつきあわせて何事か話しこんでいる。妖精王と人間王の対《つい》になった造形に必要ななにかを論じ合っているらしい。彼等は作品作りの最初から全体に関《かか》わっているからこそ、単純なことに気がつけないのかもしれなかった。

「ヒュー、キャット！」

息せき切って、アンは二人に告げた。

「足りないものが、わかりました！」

――僕は、なにをしているんだろう。

白い隧道《すいどう》のような天幕を見おろしながら、エリルは膝《ひざ》を抱《かか》えて座っていた。

そこは聖ルイストンベル教会の聖堂の屋根の上で、エリルの背中には、巨大な鐘楼《しょうろう》がそびえている。彼が座りこんでいる聖堂の屋根もかなりの高さにあり、ルイストンでその場所よりも高い位置にあるのは、王城の城壁《じょうへき》の向こうに建つ天守の尖塔《せんとう》だけだった。

高い場所に座っているので、風は強く、エリルの変色した髪《かみ》を吹《ふ》き散らす。薄汚《うすよご》れたマントからはみ出した、片羽だけに見せかけている羽も、力なく揺《ゆ》れる。

様々な思いに混乱し、苦しくてたまらず、エリルは考えることを拒否《きょひ》した。そうすると自分が何をしたいのか、どうするべきかもわからなくなり、この場所から動けなくなっていた。

ベンジャミンに教えを乞《こ》い、渡《わた》り妖精になるのもいいかと思っていた。

なのに、そんなことさえ馬鹿らしい気がする。

「僕は、空っぽ」

ふと呟いたのは、自分の胸の中があまりにも空虚《くうきょ》だったから。

自分の存在さえあやふやな感じがするのは、こうやって姿を変え、名前まで隠《かく》しているからだろう。そう気がつくと、ようやく『呼ばれる名前が、呼ばれた者の存在を現すんだぁ』と言ったベンジャミンの言葉が理解出来た。

自分は今、何者でもない。

形があるだけの、空っぽの存在。

膝を抱えて引き寄せて、ぼんやりと下界の様子を眺《なが》めていた。

するとルイストンの街を南北へ、王城へ向けて延びる白い隧道の終着点に目が吸い寄せられた。そこは王城前広場で、白い隧道がそこで丸く膨《ふく》れあがり、円形の天幕のようになって終わっている。あそこはアンが、砂糖菓子《がし》を作る作業をしていた場所だった。

ここに出入りしている職人たちの姿が小さく見おろせた。さらに見覚えのある姿が見えた。男の職人たちの中に混ざり、ひとりだけドレスを身につけているので、彼女はよく目立った。アンだ。彼女は笑顔で、銀砂糖の樽を運びこむ位置を見習いたちに指示しているらしい。すると中から呼ばれたらしく、大きく返事をして、すぐに白い布地を潜《くぐ》って中へ駆け込む。

――シャルが側《そば》にいないのに……なんて元気そう。

見おろしていると、彼女はきらきらと光る砂粒《すなつぶ》のようだ。

弱くて、たいした存在でもないのに、眩《まぶ》しく綺麗《きれい》に思える。その姿が羨《うらや》ましかった。

人間の少女という、エリルに比べればお話にならないくらい脆弱《ぜいじゃく》な生き物が、なぜあれほど、全身で生きているように輝《かがや》くのか。

あれは人間ならではなのだろうか？　それとも、妖精《ようせい》たちもそうなのだろうか？

そう考えながら白い隧道や天幕から出入りする、人間の職人や銀砂糖妖精見習いたちを、目で追っていた。すると職人たちも妖精たちも、輝きの強弱はあれど、全員が光っている。

エリルには、生き物の命を繋《つな》ぐ能力がある。その能力のおかげなのだろうか、生き物の生命力がなんとなくわかる。気をつけて彼等の様子を観察すると、彼等が、強く強く、命の輝きを発しているのだとわかる。

「素敵《すてき》」

それは光る砂粒の集まりを見るようだ。

砂粒は輝きながらもせわしなく動き、混じり合い、動き、さらに輝く。

ベンジャミンの話を聞くと、砂糖菓子職人たちは砂糖菓子が消えるかもしれないと、戦々《せんせん》恐々《きょうきょう》としながら仕事をしているらしい。追い詰《つ》められているにもかかわらず、彼等はなぜあれほど生き生きしているのか。それは追い詰められても、まだ終わりではないと、諦《あきら》め悪くあがいているからだろうか。それが生き物というものだろうか。

輝きに吸い寄せられながら、エリルはふと、自分の内側に目を向ける。

――僕は今、生きてもいないかもしれない。

ベンジャミンは言った。

『苦しくなるのが嫌《いや》なら、生きてられないの。全然苦しくない生き方なんて、この世にないもの』

考えて苦しくなるのが嫌で、それを拒否して逃《に》げた。こうやってこの場所に座り続けているのは、生きていないのと同じだ。だから自分の内側が、空っぽなのだ。

でもだからと言って、死にたくもない。

死んでもいないし生きてもいない、まさに今のエリルは亡霊《ぼうれい》だ。

じっとエリルは、動き回る職人たちを見おろし続けていた。

太陽が西に沈《しず》み、白い隧道の内側にはオレンジ色の明かりが灯《とも》り、夜のルイストンの街中に浮《う》かび上がる、ほんのりと明るい道しるべのようだ。その明るさと活気が、慕《した》わしかった。できるなら自分もその中に立ち交じり、彼らのようにきらきらと輝いてみたかった。

エリルは、見つめ続けた。

また朝が来て、昼が来た。夜が来て、朝が来る。そしてまた、朝が来て、夜……。

見おろす景色に変化が生じたのは、見つめ続けて四日目の早朝だった。


三日間。

アンは作業場から離《はな》れることができなかった。

キャットもミスリルも、時折様子を見に来てくれるキースも、パウエル・ハルフォード工房《こうぼう》に戻って少しベッドに横になったほうがいいと勧《すす》めてはくれたが、そんな気持ちになれなかった。そう言って勧めてくれるキャットやキースにしても、どこかのベッドに潜りこもうとする様子はない。休むのは食事の間だけ。そして眠《ねむ》さが限界に来れば、作業場の隅《すみ》に、誰《だれ》かが持ち込んだ革《かわ》の敷物《しきもの》と毛布が転がっているので、そこで仮眠《かみん》を取る。

これほど作業が続けば疲労《ひろう》が蓄積《ちくせき》し、泥《どろ》のように眠ってもおかしくはない。だが神経が昂《たか》ぶっているのか、必ず、適当な時間で目が覚める。

銀砂糖を、銀色の糸に紡《つむ》いで織りあげた。

それとは別に、銀の輝きを練り込んだ、薄《うす》い青、薄緑《うすみどり》、白の糸も作る。

銀の糸を縦糸にして、横糸は薄青《うすあお》、薄緑、白と順次変化させ、滑《なめ》らかなグラデーションとなる平面を織りあげる。

それは光を透《す》かして軽《かろ》やかなのに、銀色を帯びて美しい。

――シャルの、羽の色。

妖精たちが砂糖菓子作りの秘技として編み出した技法は、彼ら自身の羽を作り出すために生み出されたのかと思うほどに、その質感を再現する。

シャルの羽に触《ふ》れるように、アンはそっと作業台の上に銀砂糖を広げ、羽の形に切り出す。

ひんやりとした銀砂糖は、ほのかに温かいシャルの羽とは違《ちが》う。だが指先に、彼の羽に触れた感触《かんしょく》が蘇《よみがえ》るほどに、その色味は似ている。

次には、彼の髪となる黒の糸を紡ぐ。衣装《いしよう》の黒とは違い、滑らかで濡《ぬ》れたような、艶《つや》のある漆黒《しつこく》。瞳《ひとみ》の黒も、同じ。睫《まつげ》も、同じ。

——指先。

シャルの姿を求めるように、形を整えていく。

一つ一つの造形を作るのに、作品と距離《きょり》をおいて、遠目で見つめる。作りかけの造形の上に自分の想像した姿を重ね、それが自分の心の中で重なった瞬間《しゅんかん》を脳裏《のうり》に焼き付け、再び作業に戻《もど》る。

その繰《く》り返し。

一気呵成《いっきかせい》に作り上げることはできず、少しずつ作り上げるしかない。時間がかかる。今まで自分が作品を作り上げていたのと比べれば、倍の時間はかかっているだろう。だがそれが必要なことだった。

隣《となり》でキャットも、着々と作業を進めていたが、目をしょぼつかせながら顔をあげて訊《き》く。

「おい、チンチクリン。てめぇの言ってた足りないもの……、真ん中はどうする？」

妖精王の睫を一本一本、つま先立ちで細工していたアンは、手を休めてふり返った。

「もうすぐ、これができあがります。それから作ります」

するとキャットは軽く眉《まゆ》をひそめる。

「わかってるか？　明日の朝が期限だぜ」

ヒューが、砂糖菓子の完成と決めたのは、王国全土の砂糖林檎《りんご》が熟《う》れきって落ちるまでに、なんとか銀砂糖を精製できるだけの日数を残した、ぎりぎりの期限だ。

白い天幕の向こう側、高い位置に太陽がある。

円形広場の外周を担当していた職人たちが、徐々《じょじょ》に仕上げに入っている。

一部完成が早いのは、ステラが担当していた箇所《かしょ》らしい。彼は既《すで》に、道具の手入れをはじめていて、後片付けに入っている。

「南から順次、完成しはじめてるぜ。真夜中までには、全部が完成して、作業台の撤去《てっきょ》もはじめさせると、あのボケなす野郎《やろう》は言ってるぞ。てめぇは、間に合うか？」

頷《うなず》きかけて、思い直す。

「キャットは、どのくらいで完成しますか？」

「残ってるのは、微調整《びちょうせい》だ」

「じゃあ、終わったら銀砂糖を練ってくれますか？」

「色は？」

首を振《ふ》る。

「必要ないんです。銀砂糖の白が、必要な色です」

「わかった。だが、これはてめぇが作れ。間に合わねぇなんぞとぬかしたら、張り倒《たお》すぞ。この形は、てめぇとあのボケなす野郎しか知らねぇんだからな、俺は作ることができねぇ」

「はい。必ず」

答えを聞くと、キャットは自分の造形に戻り、針をもって、造形の微調整に入る。繊細《せんさい》な細工を加え、精度を上げるのだ。

アンもまた作業に戻り、両手で、シャルの睫に一本一本に触れるように作り上げていく。

砂糖菓子の造形と向き合っていると、シャルと口づけしたことを思い出す。

その愛《いと》しさを追うように心の中で彼の姿を思うと、作るべき形が見える。そして手の指は、習い覚えた技術をもとに、的確に動こうとする。無意識に造形するのではなく、指先の力、方向を意識する。すると無駄《むだ》な動きは極限まで削《そ》ぎ落とされ、雑さは消える。

一つの動きを意識すると、同じ形を作る時には、それを頭の中で再現しながら指を動かす。すると無駄なく、同じ造形ができる。

アンの指の動きを目の端《はし》に捉《とら》えたキャットは、ひきつけられるように動きを止め、アンの指の動きを見つめ続けていた。そしてしばらく経《た》ってから、

「てめぇの指……」

思わずのように彼が呟《つぶや》いたので、アンはふり返った。

「え?」

「てめぇの指は、恋《こい》をする指だ」

意味がわからず目を瞬《しばたた》くと、キャットは、自分の心の中に浮かんだ言葉を拾い上げようとす

るかのように、考えながら告げた。

「職人の指は、作品を作る時はそれぞれ違う……。エリオットの野郎は、速度を求める。ボケなす野郎は、強さを求めてる。俺は……多分、造形の正確さを求めてる。それなりに指は動く。てめぇの指は、恋しいものに触れるみてぇだ」

キャットは、アンの指だけを見ている。

──わたしの、指。

銀砂糖を扱《あつか》う基本的な技術は、ほとんどの職人は同じだ。だが砂糖菓子《がし》を形にしようとした時に、その基本に、それぞれの個性が加えられて指は動く。

自分の中に蓄積されたものが、はたして、きちんとした形となってあらわれているのか。自分にはわからなかったが、キャットは、アンが砂糖菓子を作るその指の動きに何かを感じ取ってくれたのかもしれない。

自分の追っているものは、間違《まちが》いないと確信出来た。

「ありがとうございます、キャット」

礼を言うと、彼ははっとしたような顔になり、自分が口走ったことに慌《あわ》てたらしく、照れくさそうにぷいと背を向けた。

「礼なんぞ言われることは言っちゃいねぇ、さっさと仕事しやがれ。チンチクリン」

「はい」

笑いを嚙《か》み殺しながら、アンは再び手を動かす。

――シャル。

砂糖菓子を形にしながら、アンの心の中には、ずっと彼の姿があった。今彼がどこにいるのか、なにをしているのか、どんなことになっているのか、不安でたまらない。その不安をなだめるように、何度も彼の名を心の中で呼ぶ。

――シャル。シャル。

遠い場所にいる彼に呼びかけているのか、目の前の砂糖菓子に呼びかけているのか、だんだんわからなくなってくる。

恋しさを追うように、アンの指は動き続けた。


夜は深くなり、恋しさを追うように作り続けていた妖精《ようせい》王が形になったと感じると、最後の造形に取りかかる。それは銀砂糖の白に似た、とても大切なものだった。

周囲では職人たちが、作業台や道具の撤去をはじめていた。キャットも自分の造形を終えたらしく、

「あとは、てめぇのそれだけだ。急げ」

と一言言い置くと、道具の撤去をはじめる。

アンは作業台の上から妖精王と人間王の砂糖菓子の間に移動し、最後の仕上げに入る。

ミスリルが、ほんのりと夜明けの明るさを反射しはじめた周囲を見回し、それから心配そうにアンを見つめる。

夜明けが近いのだ。

——これが、最後に必要なもの。

周囲の明るさを意識しながら、アンは白い造形の表面を、薄《うす》く削いで滑《なめ》らかにする。それはまるで、石の光沢《こうたく》だった。

東の空が薄紫《うすむらさき》の夜明けに染まる頃《ころ》、アンは砂糖菓子からぱっと身を引き、数歩の距離を取ると、自分たちが作業していた造形を見あげた。

肩《かた》に乗ったミスリルが、うんと深く頷くのと同時に、アンは冷たい石敷《いしじき》の街路にへなへなと座りこんだ。

——できた。

それを見計らったかのように、キャットがアンの側《そば》に近づいてきて、彼女の作業の終了《しゅうりょう》を見て取ったらしい。見習い連中に声をかけ、作業台の撤去に取りかかる。

自分もそれらの作業に加わらなければならないと思うのだが、疲労《ひろう》と満足感に虚脱《きょだつ》して、腰《こし》が立たなかった。

ただ惚《ほう》けたように、目の前の砂糖菓子を見あげていた。

「被《おお》いを取れ！」

遠くで、指示をするヒューの声が聞こえていた。

職人たちが一斉《いっせい》に散り、街路を被っていた白い布を取り外しにかかる。

南から順次、白い布が取り去られているのだろう。南から、ひやりとした朝の冷たい空気が、アンの背を撫《な》でるように吹《ふ》き抜《ぬ》けていく。

頭上を被っていた白い布が、職人たちのかけ声と共に、一気に広場の外へ引き出された。

突然《とつぜん》開けた空に、はっとして目をあげる。

するとその瞬間《しゅんかん》、空を走るように、東から朝日が射《さ》しこんだ。

周囲の布も取り去られ、布を支えていた木柱も、次々と抱《かか》えられ、運ばれる。

朝日が射すルイストンの街中に、職人たちが望んだ形が出現していた。


眼下に見える光景の変化に、エリルは目を瞬き、腰を浮《う》かした。

「……終わったの？」

街路を、白い隧道《すいどう》のように覆っていた布が、南の端から取り去られはじめていた。

職人たちがわらわらと白い隧道から駆《か》けだしてきたと思うと、天井《てんじょう》部分を覆っていた布を固定していた紐《ひも》をほどき、その紐の端に大勢で取りついた。そしてかけ声と共に、一気に引き抜くようにして取り去る。南から北へ、その動きが広がって行く。

そして天井を取り去られると、左右側面を覆う布も、木柱に固定されていた部分をほどき、取り去って行く。残った柱も瞬く間に撤去される。

それら白い隧道を形作っていた材料は、職人たちの手で路地を抜け、東の広場と西の広場へと積み上げられる。部材を抱え、細い街路を行き来する職人たちの群れは、まるで蟻《あり》の行列だ。

東の空から、朝日が射しこむ。すると白い隧道が消えた場所が、朝日を受けてきらきらと光り出した。

それは街路を埋《う》める、砕《くだ》かれた宝石のようだ。

白、赤、黄、緑、青。様々な、しかし宝石のように艶《つや》やかな光をまとって輝《かがや》く。それは、

──砂糖菓子。

エリルは立ちあがり、朝日を弾《はじ》いて輝くものを見おろした。甘い香《かお》りが、一気に街を覆うように広がっている。

アンが作った砂糖菓子以外のものを、エリルは、完成形として見たことがなかった。

職人と銀砂糖妖精たちが眼下にあるものを作っている現場に入ったが、そこは甘い香りが満

ちてはいても、雑然としていて、造形はまだあやふやで、エリルには、なにがなんだかよくわからなかった。

けれど今、自分が見おろしているものは、形になったものだ。それを見たい欲求が、強く強くわきあがってくる。砂糖菓子の甘い香りに本能を刺激《しげき》され、否応《いやおう》なくひきつけられる。

——見たい。

見たくてたまらなかった。

朝日に背を押されるように、エリルは思わず、聖ルイストンベル教会の聖堂屋根の上から飛び降りていた。聖堂から街路に下りると、砂糖菓子の甘い香りにひきつけられるように、細い路地を通り抜け、凱旋《がいせん》通りの南へ向かった。

ちょうどエリルが路地を抜けた場所から、砂糖菓子は作られているらしかった。甘い香りが強くなるのと同時に、大勢の人の気配がした。

しかし気配はたくさんあるのに、妙《みょう》に静かだった。

凱旋通りに一歩踏《ふ》みだすと、案の定そこには大勢の職人の姿があった。けれど彼らはみな一様に押し黙《だま》り、ぼんやりと、あるいは満足げに、目の前の砂糖菓子を見つめていた。

街路を覆うまばゆさに、エリルは息を詰《つ》めた。

南から北へと延びる凱旋通りが、見える限りずっと先まで、つやつやと輝く光に覆われている。それは練りあげられた銀砂糖で作った砂糖菓子が、太陽の光を反射しているからだった。

砂糖菓子が、直接太陽の光を受けることで、これほど光るとは知らなかった。続く街路のあちこちに、職人や妖精の姿があり、彼らは自分たちが作ったものを、信じられないように見つめている。

引き寄せられるように、エリルは光が満ちる街路の中に踏みこんだ。

はじまりは、真っ白い造形だった。

白い花、白い草の葉、白い草の実。それらが徐々《じょじょ》に増え、低木らしき白い森になると、そこに白一色で作られた人間の姿が、まばらに置かれている。等身大のそれは簡素な衣服を身につけ、跪《ひざまず》き、斜《なな》め上を見つめて、祈《いの》るような姿。

そしてさらに進むと、その人間の姿の中に妖精たちの姿が出現してくる。

妖精たちも色がなく、白いままだが、その頭には髪飾《かみかざ》りが光り、衣装《いしょう》の袖《そで》や裾《すそ》に透明《とうめい》に光る砂糖菓子《がし》の造形が宝石のようにちりばめられ、目は人間を蔑《さげす》むように冷ややかだ。

草木の間に立つ妖精もいれば、低木の枝に腰掛《こしか》けた小さな妖精もいる。彼らの羽は二枚とも背にあり、誇《ほこ》るかのようにぴんと伸《の》びている。

その光景はまさしく、人間を支配していた妖精の姿。

歩みを進めるにつれ、その白い造形にほんのりと色味がさしてくる。

最初は気のせいかと思うほどに薄い色味が、徐々にはっきりとした色彩《しきさい》を持ってくる。

南から北へ。まるで色が滲《にじ》み出してきたかのように、砂糖菓子が艶《つや》めく色を発してくる。

——幻《まぼろし》から現実へ。

そんな気がした。

はじまりはあやふやで不確かなものが、徐々に色を持ち、確かに存在していたのだと主張しているかのようだ。

かつての妖精《ようせい》の王国を目《ま》の当たりにしたような気がして、エリルは目を細める。

こんなきららかで満ち足りた世界が妖精にもかつてあったのであれば、それを妖精たちが取り戻《もど》したいと願うのは当然かもしれない。

砂糖菓子は白から、淡《あわ》い色、そして鮮《あざ》やかで多彩《たさい》なものへと変化してくる。それに弾かれる太陽の光も、白一色から、淡く柔《やわ》らかな光へ、そして鮮やかな光へと変化して、空間に乱反射する。

とりどりの光が眩《まぶ》しいと思った時に、南の広場に踏みこんでいた。

円形に膨《ふく》れたその場所は、まるでエリルを取り囲むかのように、多彩な色彩と輝きで圧倒《あっとう》してくる。鮮やかな色で出現したその光景は、戦いの光景だった。

下草や花にかわって赤と朱色《しゅいろ》の炎《ほのお》が地を舐《な》め、その中に剣《けん》や弓矢を手にした人間の姿と妖精の姿がある。色彩豊かに描《えが》かれる妖精の甲冑《かっちゅう》は優美で、だからこそ彼らの足元を這《は》う炎の赤が一層残酷《ざんこく》に映る。

広場に満ちる光は、赤い。

——すこし、怖《こわ》い。

色彩と輝きがあまりにも強いので、エリルは逃《に》げるように広場を北へ抜けた。

すると少しだけ、色彩が薄れる。

その街路には、下草や花が、炎から逃《のが》れてきたかのように、姿を見せている。そして妖精たちは甲冑を身につけておらず、かつての人間のように跪き、簡素な衣装を身につけている。羽が力なく、地面に流れている様まで作り込まれていた。

逆に人間たちは、妖精を見下すようにすっくり立ちあがっている。

その造形は北へ行くにつれ色を薄《うす》くし、程《ほど》なく、真っ白な造形になってしまう。

繰《く》り返される、色の強弱。

その強弱が、そこに出現したもの全体に、呼吸をさせているような気さえする。

そこでやっとエリルは気がつく。

——これは人間と妖精の歩んだ道。

街路にこの造形が生み出された意味。歩んできた過去の記憶《きおく》と現実が、そこにある。まるで大きく息づく存在のように、流れが出現している。

色を失ったその場所は、どう見ても、今の現実だ。

また出現した、真っ白な場所だ。

人間は妖精たちを支配し、妖精は跪いている。だが色彩のない、白い輝きだけが満ちるその場所は、なぜか最初の、妖精が人間を支配していた時と同じように、現実味を薄れさせている。

職人も銀砂糖妖精たちも、街路にも広場にもたくさんいた。だが彼らはみな静かで、まるで朝の静寂《せいじゃく》を破ることを恐《おそ》れているかのように、時折聞こえるのは囁《ささや》き声のみ。

エリルは彼らの間をすり抜《ぬ》けるようにして、歩を進める。

北へ北へ。するとまたすこし、造形に柔らかな色が出現する。

気がつくと、街路の右側に並ぶ造形は、人間ばかりだ。

そして左側に並ぶのは、跪いた姿勢から、腰《こし》を上げ、膝《ひざ》を立て、立ちあがった妖精の姿。

左右に分かれた人間と妖精の造形は、少しずつ色味を鮮やかに強くしながら、王城前広場に吸い込まれるように流れを作っている。

王城前広場に踏みこむ。

するとそこは、南の広場と同様に、色彩がまばゆく辺りを圧していた。

広場の右側の半円は人間たちの造形で囲まれ、左側半分は妖精たちの造形で囲まれている。

それぞれ、様々な姿の者たちがいる。

人間たちは鎧《よろい》を身につけたり、豪奢《ごうしゃ》な衣装の貴族がいたり、農民がいたり、商人や職人がいたり。

妖精たちも、赤い髪《かみ》の妖精、青い髪の妖精、金の髪の妖精、大きな妖精も、小さな妖精もいる。

それぞれが思い思いに、けれどどの造形も、色彩は明るく、表情や仕草もおどけていたり笑っていたり楽しげだ。背景には、銀灰色《ぎんかいしょく》の細い枝を広げ、真っ赤な実をたわわにつけた、砂糖林檎《りんご》の木々が林立している。

人間も妖精も、その砂糖林檎の林の中で笑いさざめいている。

鮮やかな色彩の中、広場の最奥《さいおう》の中心に、ひときわ目をひく造形がある。

それは他《ほか》の等身大の砂糖菓子よりも、いくぶん大きく作られている。

一つは、純白の衣装を身につけた人間王らしき姿。

金の髪と薄青《うすあお》い瞳《ひとみ》。柔和《にゅうわ》な、どちらかと言えば気の弱そうな表情だったが、瞳には理性の光がある。身につけている衣装は純白だが、まるで銀糸を織り込んだかのような太陽の光を受けて輝《かがや》き、袖飾《そでかざ》りや肩飾《かたかざ》り、指輪、靴《くつ》、どれもが透明なダイヤモンドの粒《つぶ》に似た砂糖菓子で細かく埋《う》められ、一層輝きを増している。

そしてもう一つ。

人間王と対《つい》になるように、その正面に作られているのは、黒い色彩の妖精の姿。

背にある羽は片羽だが、その羽は薄緑《うすみどり》と薄青の、穏《おだ》やかなグラデーションで、触《ふ》れれば温かみすらあるのではないかと思わせる輝きと薄さ。身につける衣装は漆黒《しっこく》だが、太陽の光を受けて銀の光を弾《はじ》き、黒い色彩なのに、なぜか全身が銀の光に包まれている。人間王と同じく、袖や肩に強い輝きを弾く、黒いダイヤモンドのような、小さな粒が飾りとして埋められている。

——彼は……。

目を見開き、エリルは吸い寄せられるように近寄った。

流れる黒い髪と、黒い瞳。端整《たんせい》な横顔は、妖精王。

——シャル・フェン・シャル。

人間王と妖精王、二人の間には、一株の蔓薔薇《つるばら》をかたどった砂糖菓子が、上へ上へ伸びる台座のように絡《から》み合っていた。そして二人の王のちょうど胸の高さに、真っ白い石板があり、その白い石板を、蔓薔薇が包み込むように支えている。

蔓薔薇の色はとりどり。

青、赤、ピンク、黄。その蔓薔薇に囲まれた、砂糖菓子で作られた白い石板は、白い石なのか砂糖菓子そのものなのか、判然としない。

その白い石板に、双方《そうほう》の王が手を伸ばし、左右から触れている。

砂糖菓子で作られた白い石板の表面は滑《なめ》らかで、そこだけ不自然なほど、なにも書かれていない。二人の王の間に存在する、その白く滑らかな場所に、刻まれるべき言葉があるはずなのだ。

だがそれは、そこに書かれていない。

突然《とつぜん》、背筋が震《ふる》えた。

——妖精王。

朝日はさらに輝きを増し、砂糖菓子《がし》を照らしはじめている。

南から北へ、自らの足で歩き、そこにある砂糖菓子が呼吸するかのようにエリルに見せたのは、大きな流れ。

そして最後にここに辿《たど》り着いて見せられたものは、一つの未来で、一つの願い。

王国全土にある願いや思惑《おもわく》は様々。

でもここには、この砂糖菓子を作ろうとした手の数だけの願いと思いが、出現している。

ふいに、何かが頬《ほお》を流れた。不思議に思い指で触れると、濡《ぬ》れていた。

――涙《なみだ》？

哀《かな》しいときや嬉《うれ》しいときに、人間や妖精に涙が流れるのは、知っている。見たこともある。

けれど自分がこうやって涙を流しているのが信じられなかった。

次々と指先を濡らしているものは、なぜ出てくるのだろうか。

――綺麗《きれい》だから？

エリルは二人の王の砂糖菓子を見あげ、自分の指先を濡らすものに問いかける。

――違《ちが》う。多分、僕は、わかったから。

名前を変え、姿を変え、考えることを拒否《きょひ》した今の自分が何者でもなく、とても惨《みじ》めな存在だと、黒の妖精王の姿を目にして、胸に突《つ》き刺《さ》さるほどに理解したからだ。

砂糖菓子を作り続けていた職人や銀砂糖妖精見習いたちを眼下に見おろしていたとき、彼らがなぜあれほどきらめいて見え、そしてエリルもその中に加わってみたいと、なぜ思ったのか。

彼らは自らのやるべき事を知り、それに誇《ほこ》りを持っている存在だからだ。

体の内側から、なにかが膨れあがってくる。

それは見せつけられたものに触発《しょくはつ》された、誇りか。自覚か。

——苦しくても、考えなくちゃいけない。

やっと己《おのれ》の無様さを理解すると、緑色の髪をした、小さな、元渡《わた》り妖精《ようせい》の言葉を思い出す。

彼が言うように、生きるつもりであれば考えなくてはならないのだ。

エリルは死にたくなどない。そうであるならば、生きるしかない。

生きるのであれば、無様に生きるのではなく、兄弟石の妖精王のように、美しくすっくりと立っていたい。

美しさと華麗《かれい》さを求めるのは、妖精の本能。エリルにもそれがある。

——どうせ生きなくちゃならないのだもの。僕は……。

エリルは二人の王の姿を見つめ続けた。

——僕は妖精王と呼ばれた。そうなるために生まれろと、五百年前の王が望んだ。

妖精王は強く美しく、迷いなく、そこに立っている。

人間王は優《やさ》しげな表情で、戸惑《とまど》いながら、それでも誇り高くあろうとするかのように、立っている。

迷いなく立つ姿も、迷いながらでも立つ姿も、双方とも朝日を受け、全身から仄明《ほのあか》るく光を発するかのように存在している。

――僕も、王だ。

脳裏《のうり》には、今まで耳にして目にした現実が様々に蘇《よみがえ》る。

そして周囲からは、ルイストンの街に出現した砂糖菓子の甘い香《かお》りが全身を包み、過ぎ去った歴史の流れを密《ひそ》やかに、エリルに語って聞かせている。

全《すべ》てのことはエリルの中で鮮明《せんめい》になり、その意味を理解したいと強く思う。

エリルは考えていた。

――僕は今この瞬間《しゅんかん》、なにをするべきなのか。

自分の中から、あふれるなにかを感じる。

四章　恋人《こいびと》のもとへ

冷たい石畳《いしだたみ》の感触《かんしょく》を足や腰《こし》に感じながらも、アンは動けなかった。ただ自分が作り上げた妖精王の砂糖菓子を見あげ続け、呆然《ぼうぜん》としていた。

朝日を受けて輝く黒い色彩《しきさい》の妖精は、その横顔に口づけしたいほど慕《した》わしい。

恋《こい》する指だと、キャットはアンの仕事を評した。

本当にそうなのかもしれない。

アンは恋したものを形にして、追いかけた。それが自分の砂糖菓子作りの方法なのかもしれない。ぶれることのない技術を理性で確認《かくにん》しながら、それを発揮するときには、恋したものを追うように、優しく、緻密《ちみつ》に想像して作る。

――それじゃわたしは、一つの砂糖菓子を作るのに、とんでもない時間がかかる。

今まで、自分が恋した手順をふり返ると、当然のような気がする。自分が恋したものを作るのであれば、まず、作るものに恋するところからはじめなければならない。

――わたしは、自分が作りたいものしか作れない職人になるのかもしれない。

キャットは「自分の作りたいものしか、作らない」と言っていた。それとは、まるで違う。

アンは「作りたいものしか、作れない」のだ。そうなると自分は、キャットよりもよほど貧《びん》乏《ぼう》な銀砂糖師になりそうだ。

思わず、ふふっと笑い出してしまった。

すると肩《かた》に乗っていたミスリルが、気味悪そうな横目でアンの顔を見やる。

「お、おい。どうした？　寝不足《ねぶそく》で頭のネジが飛んじゃったのか？」

「ちょっと、そうかも」

ゆっくりと立ちあがると、寝不足で足元はふらついた。けれど気持ちはどこかすっきりとしていて、自分を取り囲む砂糖菓子の香りと輝《かがや》きをぐるりと見回すと満足感があふれる。

「ヒューの決めた期限には、間に合ったな」

感慨《かんがい》深げにミスリルが言う。

「うん。間に合った」

答えてから、アンは祈《いの》った。

──この砂糖菓子が、砂糖菓子そのものに、そしてシャルに幸運をもたらしてくれれば。

あちこちに立ち尽《つ》くした職人たちも、何かを祈るように自分たちの手が作り上げたものを見あげていた。街の住人たちが起き出すにはまだ早く、そこにいるのは職人たちだけだ。

かなりの人数の職人がアンの周囲にいるのに、異様に静かだ。

皆《みな》、少なからず虚脱《きょだつ》状態なのだろう。

静かに佇《たたず》む職人たちの中に、アンは見覚えのある妖精の姿を見つけた。その妖精は妖精王と人間王の砂糖菓子の正面に立ち、心を奪《うば》われたかのように砂糖菓子を見つめ続けていた。

「あれは……フェリックス？」

数日前、ベンジャミンと共に食事を運んできた始終うつむき加減だった妖精は、今は顔をあげ、その横顔をさらしていた。朝日の逆光で顔はよく見えないが、姿形は彼に間違《まちが》いない。

「眩《まぶ》しいな」

ミスリルもアンと同じ方向を見ており、フェリックスの存在に気がついたらしいのだが、声をかける前に目を細め、瞼《まぶた》の上に手をかざす。

アンも目を細めた。しかし次の瞬間、息を呑《の》む。

——眩しいのは、朝日じゃない!?

逆光の中に佇むフェリックス自身の輪郭《りんかく》が、まるで光の粒《つぶ》を発するように白銀に輝いているのだ。彼の全身を包む銀の光は微《かす》かな振動《しんどう》を伴《ともな》っているのか、彼の身につけている汚れたマントも、赤茶けた髪《かみ》も、風もないのにざわざわと揺《ゆ》らめき、周囲へ広がるようになびいている。

ミスリルも気がついたらしく、ぎょっとしたような声を出す。

「おい、アン!?　あいつ」

周囲にいた職人たちも、そちらに向き直り、目を見開く。

白銀の輝きが、その場にいた全員の注意を引く。

ざわざわとなびいていたフェリックスの赤茶けた髪が、先端《せんたん》から色を変えていた。赤茶けた色が蒸発するように消え失《う》せ、星の輝きを纏《まと》ったような白銀の髪色が出現する。

フェリックスの背になびいていたマントが、風圧に押されるように結び目がほどけ、石畳の上に落ちた。すると彼の背にあった片羽が広がり、そしてもう一方の羽がある位置に、白い布がくくりつけられているのが見えた。その白い布も、するりと解けた。するとその下から、もう一枚の羽が広がり現れる。

彼の背にある二枚の羽を目にして、ミスリルが悲鳴のような声をあげ、反射的にだろう、恐《おそ》れるようにぴょんとアンの肩から飛び降り、三度ほど背後に向かって跳躍《ちょうやく》して石畳の上に立ち尽くす。

アンも即座《そくざ》に理解した。目の前に佇む妖精が、本当は何者であったのか。

「エリル!?」

彼は、エリル・フェン・エリルだ。間違いない。アンたちがフェリックスと名づけたあの妖精は、彼だったのだ。

なぜ、どうして彼がここにいるのか。なぜ姿を変えてこの場所に来ていたのか。

疑問は一気に膨《ふく》れあがり、あまりの衝撃《しょうげき》に呆然となる。しかしそれは一瞬《いっしゅん》で、それ以上に今、アンが心を痛める現実がアンをせき立て、行動に移させた。

名を呼ばれた彼がふり返ろうとするが、その前にアンは駆《か》け出し、そして思わず彼を抱《だ》きしめていた。

「エリル！　エリル！　エリル！」

強く抱きしめると、こみあげてきたものを止められず、目頭《めがしら》が熱くなる。

──無事だった。ここに、現れてくれた!!

奇跡《きせき》のような現実を、アンは、強く強く抱きしめた。

「ごめんね、ごめんね。みんなが、あなたに勝手なことを期待して、困らせた。ごめんね」

ミスリルも含《ふく》め、その場にいた他《ほか》の職人たちはアンとエリルの様子を遠巻きに見ている。

何が起こっているのかよくわからないままに、エリルの存在感に近寄りがたいものを感じているのかもしれない。それほどに彼の本当の姿は美しい。星の光を集めたような髪色も、薄《うす》い青みのある半透明《はんとうめい》で、銀の輝きをまとった二枚の羽も。

「でも、ありがとう……。ありがとう。ここに来てくれた」

声が詰《つ》まりそうだったが、とにかくこうやって彼に話しかけていなければ、混乱のためにどうにかなりそうだった。

「ありがとう。エリル。ここに来てくれた。どうして、ここに？」

「よくわからない。僕はただ、逃《に》げ出したくて。なんとなく、道を辿《たど》っていたらルイストンの近くにあるお城に行ってしまった」

そっとエリルの手はアンの背中に回され、あやすように撫《な》でてくれた。

「僕も、ごめんなさい。嘘《うそ》をついていた。それに、あなたから大切なものを奪った。でも安心して、ここに持っているから」

顔をあげると、エリルは軽く頷《うなず》く。そしてアンの両肩《りょうかた》を摑《つか》んでそっと体を離《はな》すと、ズボンのポケットを探《さぐ》り、小さな革袋《かわぶくろ》を掌《てのひら》に載《の》せてアンに向かって差し出した。

「あなたのものなのでしょう？　これがないと、砂糖菓子《がし》は消えるのでしょう？　ねぇ、アン。砂糖菓子を消さないで」

「最初の銀砂糖……」

声が震《ふる》えた。最初の銀砂糖に向かって伸《の》ばそうとした指先も、強く震えた。

銀砂糖妖精《ようせい》筆頭の言葉が、耳に蘇《よみがえ》る。

『銀砂糖にも銀砂糖なりに、力はある。銀砂糖は必要なところへ、自然と運ばれていくものじゃ』

エリルは意図せず、最初の銀砂糖を持って逃げ出すことになった。けれどその意図しないものを持ち歩いていたためなのか、こうやってこの場所に彼は現れた。それは砂糖菓子と銀砂糖の、幸運を招く不思議な力による巡《めぐ》り合わせなのだろうか。

――これで砂糖菓子は消えない。シャルが……。

その時。

驚《おどろ》きと歓喜《かんき》に混乱していた思考に、いきなり鋭《するど》いものが突《つ》き刺《さ》さる。すると伸ばした指が宙で止まり、アンは愕然《がくぜん》とした。

いものじゃない。

——これはわたしが、銀砂糖妖精筆頭から託《たく》されたもの。だけどわたしが、勝手に使ってい
シャルの思い、ルルの思い。ひいては妖精たちすべての思いが、最初の銀砂糖の使い道を決めるべきなのだ。今、人間であるアンの手にこれが渡《わた》ったからといって、それを使ってしまうことは、妖精たちの思いを横取りすることだ。

「エリル、わたしは……。これを銀砂糖妖精筆頭から託された。けれど、わたしのものじゃない。わたしが、勝手に使っていいものじゃない」

エリルが訝《いぶか》しげに首を傾《かし》げる。

「これは妖精たちのものなの。これをどうするべきかは、妖精王が決めるの。シャルは、これを人間にもたらすことで、人間の王様と約束を結ぼうとしている。あなたは……どうするの？エリル。あなたも妖精王だから」

「その約束っていうのは、どんなものなの？」

「あそこにある、あれなの」

ふり返り、アンはエリルの正面にある砂糖菓子を指さした。妖精王と人間王の間に作られた、白い石板の砂糖菓子だ。

「人間と妖精は対等であるという、誓約《せいやく》。今はまだ、成立していない。けれど最初の銀砂糖が人間王の手に渡り、三人の妖精王が人間と戦わないと約束してくれたら、約束が刻まれた本物

の石板が、聖ルイストンベル教会に納められるの。王の誓《ちか》いとして」

「そう」

意外なほど、エリルは静かな声と瞳《ひとみ》で答えた。

「シャルが僕に言った、人間王との誓約。それが、これなんだよね。だったら」

エリルはふいにアンの手を取ると、そこに自分が握《にぎ》っていた最初の銀砂糖の革袋を押しつけた。

「これはシャルの手から、人間王の手に渡るべきものでしょう？　そしてあなたが筆頭から託されたものであるならば、あなたの手から、シャルに渡して」

「そうして、いいの？　ラファルが……」

「ラファルは、関係ない。僕は今、そうするべきだと思うから、あなたにこれを託すの。僕は砂糖菓子というものの存在が、消えて欲しくない。ここにあるものは、綺麗《きれい》だよ。僕は好き」

幼いばかりだと思っていた銀の瞳に、不思議なほどの落ち着きと思慮《しりょ》深さがあった。まだわずかに不安げではあるが、それでも、自分の中に芽生えた分別を大切にしようとする意志がある。

混乱してラファルのもとから逃げ出して、エリルは何を見聞きしたのだろうか。生まれた瞬《しゅん》間《かん》からラファルばかりを追いかけていた彼にとって、世界はどんなふうに見えたのだろうか。

「ねぇ、アン。僕は考えた。その答えがこれ。ラファルはきっと怒《おこ》るし、僕がこんなことをしたと知ったら許してくれないかもしれない」

わずかだが、エリルは痛みを堪《こら》えるように銀の瞳を揺らす。

「苦しいよ。僕は、ラファルが好き。彼を哀《かな》しませたくない。でも、僕は……考えたから」

呟《つぶや》くと、目の前にある砂糖菓子に目を移す。

朝日に照らされる砂糖菓子の立像を、慕《した》うように見あげて囁《ささや》く。

「ここにあるものを、僕は、美しいと思うから」

アンたち職人が作りあげたのは、過去から大きくうねり流れてきた、この王国のありようだった。けれどこの王城前広場だけは、過去でもなく現在でもない。その先だ。引き寄せたいと願う、未来だ。

「ありがとう。あなたは、……素敵《すてき》な王様」

エリルの両手を、アンは撫でた。触《ふ》れた妖精の冷たい手から、希望が伝わってあふれ出てくるような気がした。最初の銀砂糖が人間にもたらされたと知れば、妖精王討伐《とうばつ》に向けて兵士を出した国王エドモンド二世の対応も変わってくれるかもしれない。

シャルもエリルも人間に害意がなく、ラファルだけが荒《あ》れ狂《くる》っているのだと知ってもらえれば、王国軍はシャルやエリルを見逃《みのが》してくれるかもしれない。

「……これを一刻も早く、シャルの手から国王陛下に渡さないといけない」

掌にある銀砂糖の革袋を握りしめ、アンは顔をあげた。そして、声を落とす。

「エリル。わたしこれを、シャルに渡さなくちゃならないの。シャルの手から国王陛下に渡すべきものなの」

今この場に最初の銀砂糖があると知れば、周囲の職人たちは、妖精の許可だのなんだのまったく顧《かえり》みることなく、最初の銀砂糖を奪《うば》おうとするはずだ。それは砂糖菓子の存続を全身全霊《ぜんれい》かけて祈《いの》り続けた職人たちならば当然の思いで、銀砂糖子爵《ししやく》のヒューにしても、おそらくこの場で銀砂糖を手に入れようとするはずだ。

アンがその職人としての当然の衝動《しょうどう》を抑《おさ》えられるのは、ただひとえに、シャルを愛しているからだ。それによって妖精たちの思いも、痛いほどに感じてしまうからだ。

これが人間への裏切りだというなら、そうかもしれない。

だが銀砂糖妖精筆頭から託されたものを、人間の職人としての思いだけで、アンが使っていいわけはない。

「シャルを、見つけたい。シャルにこれを渡したいの」

目を瞬《しばたた》き、エリルはアンを見つめていたが、ふっと微笑《ほほえ》んだ。きらめくような微笑みのまま、彼はアンの頬《ほお》に口づけた。

「あなたは、砂糖菓子みたい。甘くて優《やさ》しい」

驚いて身を引こうとするが、その前にぐいと手を引っ張られた。

「行こう、アン。シャルを探しに」

ふいに駆《か》けだしたエリルに引っ張られ、アンはたたらを踏《ふ》んで危《あや》うく転びそうになるが、それでもなんとか体勢を立て直しエリルに付いて走りだした。

「エリル!? 待って、どこへ行くの!?」

「探すの。彼を」

いきなり駆けだしたエリルとアンを見て仰天《ぎょうてん》したらしく、ミスリルが大慌《おおあわ》てで跳躍《ちょうやく》して駆け寄ってきて、ぴょんとアンの肩《かた》に飛び乗った。

「おいおいおいおいおい！　な、なにやってんだ！　エリル・フェン・エリル!? 誘拐《ゆうかい》か!? なんでおまえがこんなところにいるのか、いまいち良くわかんないけど、とにかくアンに手を出したら俺様が許さないからな！　とりあえず止まれ！」

「止まらない」

朝日を受けて銀の輝《かがや》きをまとう二枚の羽をひらめかせ、笑《え》みを浮《う》かべ、エリルはちらっとふり返ってミスリルに流し目をくれた。

「僕は、シャルを探す。あなたも協力して、ミスリル・リッド・ポッド。アンの王様でしょう?」

無邪気《むじゃき》なような、たくらむような、不思議な魅力《みりょく》のある色香《いろか》に、ミスリルはどぎまぎしたように、ちょっと頬を染める。

「シャル・フェン・シャルを!? おう！　そりゃ協力を……。あ、いやいや。俺様は、王様を廃業《はいぎょう》したからな。でも俺様は王様じゃなくても、アンのためにはなんでもやるぞ」

王城前広場を駆けだし、街路の路地に飛びこんでまだ走り続けるエリルに引っ張られ、アンは息が上がってきた。あえぎながら、訊《き》く。

「でも、どうやってシャルを見つけるの!?」

「彼がどこへ行ったか、見当つかないの?」

シャルならば、どうするだろうか。

アンと別れた後、シャルならばどう行動しただろうか。

彼ならば、最初の銀砂糖を手に入れ、妖精王《ようせい》の意思を統一することをやり抜《ぬ》こうとするはずだ。あの時点でエリルの所在は全く摑《つか》めていなかったので、エリルを闇雲《やみくも》に探し回るのは得策ではない。それに反してラファルは、王国軍が討伐に向かおうとするほど派手に暴れ回り、人間に危害を加えている。

シャルならばきっと、真っ先に、ラファルを止めて被害《ひがい》を食い止めようとするに違《ちが》いない。

「多分、ラファルを止めに行ったと思う」

そこまで答えて、アンははっとした。

「ラファルの……妖精の情報を求めて、シャルが行くとしたら、多分、あそこ!」

「どこ?」

「こっち」

アンはぐいっとエリルの手を引っ張り返して、進路を変えた。そして今度は、自分がエリルの手を引くようにして、細い街路を駆ける。

——妖精の情報ならば、あの人のところに集まる。シャルはきっと、あの人のところへ行った。

疲労《ひろう》が蓄積《ちくせき》した寝不足《ねぶそく》の体では、ともすれば石畳《いしだたみ》の段差に足を取られそうになる。つま先があがらず蹴躓《けつまず》きそうになると、握っているエリルの手が支えてくれる。

「どこへ行くつもりなんだ、アン？」

よろめきながらも走り続けるアンを気遣《きづか》うように、ミスリルが訊く。

「ストーさんのところ」

「ストー？」

きょとんとした後、ミスリルはぴぎゃっと悲鳴をあげて、アンの首にしがみつく。

「妖精商人ギルドの長《おさ》、レジナルド・ストーのところかよ!?　狼《おおかみ》のところかよ!?」

「うん、行くの」

恐怖《きょうふ》のために引きつった悲鳴をあげるミスリルにかまっていられず、アンは走り続けた。


街路を覆《おお》っていた天幕や柱が取り去られてしばらくの間、キース・パウエルは呆然《ぼうぜん》として砂糖菓子《がし》の中に立ち尽《つ》くしていた。それは今までにない経験で、キースは周囲の光景にただ心を奪われていた。

左右も、そして後ろに続く街路も前に続く街路も、砂糖菓子で埋《う》められているのだ。

これほどまでに砂糖菓子が一堂に、しかも統一性を持って集められた様を見たことがなかった。おそらく、誰《だれ》も見たことのない光景だった。

室内の弱々しい光ではなく、砂糖菓子が直接、まばゆい朝日を浴びるのも初めて目にした。

室内の明かりとは違い、濁《にご》りのない澄《す》みきった強い太陽の光が砂糖菓子の表面を照らすと、信じられないほどまばゆく輝く。

街路は、砂糖菓子の光の反射が入り乱れ、まるで砕《くだ》いたガラスの粉が、一斉《いっせい》に空気の中を乱《らん》舞《ぶ》するようだ。

「パウエルさん！」

溌剌《はつらつ》としたノアの声が、背後からキースを呼んだ。

それでキースはようやく正気づき、ふり返ると、ノアと一緒《いっしょ》に仕事をしていたホリーリーフ城の銀砂糖妖精見習いたちがぞろぞろとやってくる。

彼らは他《ほか》の職人たちと同様に、周囲を見回し、薄《うす》く微笑みながらも、自分の目にしているものが信じられないというような顔をしている。

「やあ、……。できあがったね。みんな、頑張《がんば》ったね」

微笑むと、ノアは照れくさそうに笑って首をすくめた。

「作業が終わったんだ。これで、どうすりゃいい」

濃《こ》い藍色《あいいろ》の髪《かみ》と羽を持つアレルが訊くので、キースもはたと気がつく。

「そうだね。今すぐに帰って眠《ねむ》りたいところだけれど、銀砂糖子爵の指示を仰《あお》がないといけないから。とりあえず、王城前広場まで行こうか」

妖精たちと共に歩き出しながら、キースは左右に並ぶ砂糖菓子の光景に、酔《よ》うような感覚を味わった。

王城前広場に踏みこんだとき真っ先に、正面最奥《さいおう》にある、人間王と妖精王の砂糖菓子が目に飛びこんできた。妖精たちも真っ先にそれを見つけたらしく、小さなどよめきが起こる。

――アンが、作った。妖精王。

キースはそちらへ近づきながら、胸が高鳴るような興奮を覚える。

――僕は以前、シャルの姿を作った。けれどあれとは、全然違う。

そこにあるシャルの姿は、見る者に、えもいわれぬ愛《いと》しい感情を呼び起こさせる。

それはその造形が美しいだけではなく、それを作り上げた者の、砂糖菓子に対する愛着がわかるからなのかもしれなかった。これを作った者は、この砂糖菓子を愛おしんでいると、肌《はだ》で感じる。

――素敵《すてき》な砂糖菓子だ。

アンにそう言ってあげたくて、キースは周囲を見回した。けれどその辺りには、アンの姿はなかった。

「アン?」

呼んでみるが、返事はない。砂糖菓子が完成したこの瞬間《しゅんかん》、自分の作品の前に彼女がいない不自然さに、キースは不安になった。

「アン?」

「あ～、終わったねぇ」

エリオット・ペイジは、寝不足で落ちくぼんだ目をしながらも、彼以上に疲労困憊《ひろうこんぱい》しているらしい、ペイジ工房《こうぼう》派本工房の主要な職人たちを見おろした。

「とにかく……眠りたいぞ、俺は」

街路に座りこんだ大柄《おおがら》なキングが、地を這《は》うような声で呻《うめ》くと、街路の端《はし》に腰《こし》を落としていたヴァレンタインが、力なく手をあげる。

「僕も賛成です。眠りたいです。というか、ナディールはもう、寝《ね》ています」

ヴァレンタインの隣《となり》には、街路の石畳の上にもかかわらず、丸まって寝入《ねい》っているナディールの姿がある。

「ナディールを叩《たた》き起こせ、ヴァレンタイン。寝るにしても、仕事を終わらせるためには、銀砂糖子爵《ししやく》の号令が必要だ。そうだろう、エリオット」

今にもずるずると頽《くずお》れそうではあったが、壁《かべ》にもたれて体を支えていたオーランドが、長年職人頭《がしら》をつとめてきた者ならではの判断でエリオットに訊く。

「そうねぇ、勝手に帰りましたじゃ、派閥《はばつ》としても顔が立たないからねぇ。王城前広場に行くとしますか」

エリオットが顎《あご》をしゃくると、ペイジ工房の職人たちは、いやいやの様子で立ちあがった。

ぐうぐう寝ているナディールの肩《かた》を、ヴァレンタインが優《やさ》しく叩いていたが、一向に起きる気配がない。するとオーランドが歩き出しざま、ナディールの横っ腹を軽く蹴《け》った。するとナディールはようやくもぞりと動いて、起き上がった。

「行くぞ、ナディール。仕事の終わりだ」

「え？」

歩き出した周囲の気配に目をぱちくりさせ、ナディールは飛びあがった。

「待って、置いていくなんてひどいじゃない！」

ジョナスは、ぼうっと街路に座りこんでいた。疲労感《ひろうかん》が強くて、どうにも腰《こし》があがらない。

職人たちは作業の終了《しゅうりょう》を銀砂糖子爵の口から命じられるために、王城前広場に集まりはじめているらしい。明確に指示が出たわけではないが、仕事の終わりを確認《かくにん》するという、職人たちの習性によるものだろう。

仕事の始まりを告げられた場所に、皆《みな》が集まっている。

――でも、呼ばれたわけではないし。

ラドクリフ工房の職人たちが、ぞろぞろと歩いて行くのだが、誰もジョナスに声をかけようとしない。無視しているわけではないのだろうが、誰もジョナスの存在に気がついていないのだ。

――僕一人、先に帰ったってかまわないんじゃない？

ジョナスがぼんやりと歩き出す人々を見あげていると、赤毛の小さな妖精《ようせい》キャシーは、心配げにジョナスの肩に乗り、頰《ほお》を撫《な》でてくれている。

「ジョナス様、もう工房に引きあげましょう？　顔色が悪いですよ、ねぇ」

「うるさいな」

手を振《ふ》って彼女の手を遠ざけようとしていると、

「ジョナス？　なにしてんだよ、あんた」

ふいに頭の上から声がかかった。目をあげると、ステラ・ノックスだ。病弱な彼は、今日も一段と顔色が悪いが、それでも彼は工房で一番腕《うで》のいい職人だ。ジョナスとは比べものにならない、良い職人だ。

「あ……その。別に」

へどもどと答えると、ステラの背後から、マーカスがぬっと姿を現した。

「なにをしておる、ジョナス。王城前広場に集まるのだ」

「は、はい！」

叔父《おじ》の恐《おそ》ろしさにジョナスは急いで立ちあがった。それを確認すると、マーカスはふんと鼻を鳴らし、背を向けて先に立って歩き出す。

「まったく、そのいじけたところを早くなおせ。そうでなければ、次期長《おさ》の候補に選んだのを、後悔《こうかい》する」

不機嫌《ふきげん》な声で背中越《ご》しに告げられ、ジョナスは項垂《うなだ》れた。

「すみません、おじさん。なおします……」

と、いつものようなしぼんだ気持ちで返事をしたとき、いきなり、あることに気がついた。

「え？　おじさん!?　今、次期長候補に選んだって言いましたか!?」

「それがどうした」

「僕を長に選んでくれたんですか!?」

「よく聞け、馬鹿者《ばか》。長候補に選んだと言ったのだ。候補はもう一人、ノックスだ。双方《そうほう》とも銀砂糖師ではないからな、銀砂糖師の称号《しょうごう》を早く獲得《かくとく》したほうが、次期長だ」

ふり返りもせずに歩き続けるステラは、「興味ないよ」と言いたげに、軽く肩をすくめた。

ジョナスの少し先を歩くマーカスの背中を見つめ、ジョナスは鼻の奥がつんと痛くなる。

「ジョナス様。良かったですね。ずっと頑張ってきた仕事ぶりを、認めてもらえたんですね」

耳元で囁《ささや》くキャシーの言葉に、ジョナスは、

「うるさいよ」

声を詰《つ》まらせながらも、泣き笑いの表情で文句を言った。

キャシーが、微笑《ほほえ》んだ気配を感じる。

キャシーはずっとこうやって、うんと年上の姉のように、ジョナスを気遣《きづか》い、いたわり、甘やかしてくれるのだ。王城前広場に向かいながら、ジョナスはそっと指を伸《の》ばして、キャシーの羽を撫でてやった。

王城前広場に集まりつつある職人たちを目にして、ヒューは満足だった。

誰《だれ》が号令をかけたわけでもないのに、職人たちは身についた仕事のやり方に従い、仕事の終わりを感じると、こうやって集まってくる。

工房で幾人《いくにん》もの職人が共同作業する時には、こうやって作業の終わりを確認するのが常だ。彼らの単純で揺《ゆ》るがない日々の仕事ぶりが、手に取るようにわかる。

「キレーン。各派閥《はばつ》の長とホリーリーフ城のまとめ役のパウエルに、職人たちがあらかた集まったのかどうか、訊《き》いてこい」

「わかりました。子爵」

マーキュリー工房派の長代理ジョン・キレーンは、神経質に片眼鏡《めがね》の位置を気にしながら、頷《うなず》いて歩き出す。彼はやたらと片眼鏡の位置を気にしているが、彼が思うような位置には絶対に戻《もど》らないだろうと、その背中を見送りながらヒューは呆《あき》れていた。眼鏡の留め金が壊《こわ》れているのだが、疲労困憊している彼は、気がついていないらしい。

改めて、ヒューは自分の背後に立つ人間王と妖精王の砂糖菓子《がし》をふり返り、見あげる。

――これが、足りないものか。

二人の王の間にあるのは、真っ白な石板を模した砂糖菓子だ。

そこには何も刻まれていない。

アンはその場所に刻まれるべき言葉を知っているはずだったが、あえて作らなかったのだろう。

――そのなめらかな白さの上に、それを見た者が、それぞれに刻むべき言葉を考えればいい。

今回の仕事に自分が手を出さなかったのは正解だと、ヒューは感じた。それぞれの場所を任された職人たちは、その任されたものの意味を考え、彼らなりのものを作った。

そして職人たちはいつもの仕事の通り、全体の調和も考えて、完成させた。

「なに考えてやがる?」

不機嫌そうな声が隣から聞こえ、耳に馴染《なじ》んだその声と口調に苦笑いしながら、声の主に目を移した。

「キャット」

彼はいつものように鋭《するど》い猫目《ねこめ》で、ヒューを睨《にら》みつけていた。腕組《うでぐ》みして、どこか苛立《いらだ》ったような顔だ。

「なんて顔してやがるんだ、ボケなす野郎《やろう》が。惚《ほう》けた面《つら》しやがって。てめぇ、あのチンチクリンの姿を見たか?」

「アンか? いいや」

言いながら、ざっと周囲を見回した。彼女らしき姿はない。女の子である彼女の姿は、大勢の職人の中にあっても目立つはずなのに、それが見えない。

「それを完成した直後に、姿が見えなくなった。どこへ行きやがったか、しらねぇか?」

「わからんな」

答えながらも、なんとなくヒューには彼女がどこへ向かったのか、わかるような気がした。

自分の仕事を終わらせたアンが向かうところは、一つ。恋人《こいびと》のもとしかないだろうと思えた。

彼女がどうやって恋人のもとへ向かうのか、その方法はわからない。けれど彼女ならばなんとかして、辿《たど》り着きそうだ。そう思わせる強さがあるのだが、そうやって再会した二人がどうなるのか。

——妖精王の討伐《とうばつ》軍が出発した今、彼らはなにをどうするのか。

しかしことは、既《すで》にヒューの手のおよばない場所にあるのだ。ヒューはただ、良き職人が無事に帰ってくることを願うしかない。

「まあ、いいさ。アンなら帰ってくるさ。これのできに満足したから、なにかの用事を思い出してここを離《はな》れただけだろうぜ。俺も満足してる」

「満足？」

「ああ、これだけ作れれば満足だ。おまえはそうじゃないのか」

問われると、キャットはちらりと自分の作った砂糖菓子に目をやり、またふいと視線をそらして呟《つぶや》く。

「満足……だと思う。けどな。これが俺たちの望む砂糖菓子の未来を引き寄せるかどうかなんざ、わからねぇ」

「考えたことがねぇ」

「まあな」

「俺は、砂糖菓子がなくなったらどうやって生きていくのかなんて、考えたことがねぇ」

ぽつりと漏《も》らした言葉は、弱音かもしれなかった。しかしその弱さに気づかないふりをして、ヒューはにっと笑ってやった。

「おまえは、のたれ死に決定だな。俺は銀砂糖子爵《ししやく》なんて者じゃなくなる。そうしたら、なにかうまい商売でも考えるか。いっそ掏摸《すり》にでもなるか。なぁ、サリム。おまえも掏摸を覚えるか？」

背後に目をやると、常にヒューの影《かげ》のように従っている護衛のサリムが、生真面目《きまじめ》な表情で頷く。ヒューの冗談《じょうだん》をどこまで理解しているのか、いないのか。しかし今のヒューの言葉が冗談でも本気でも、サリムはずっとヒューについて来るはずだ。彼はヒューの護衛となったときに、そう誓《ちか》った。ヒューが何者であろうとも、何者になろうとも、どこへ行こうとも、守ると。

恩を感じているのだろうが、それだけではないだろう。彼はおそらく、失った生きる目的の代わりに、ヒューを守ることを生きる目的にしているのだ。

——不器用な奴《やつ》だな。

生きる目的など、適当なところで見繕《みつくろ》って、自分を誤魔化《ごまか》していけばいいのに、彼はそれができないのだ。そのありようが、どことなく職人めいていて、だからこそヒューは、彼が護衛となることを認めたのかもしれない。

「てめぇは、そうやってしぶとく生きていきそうだ。むかっ腹が立つ」

呻《うめ》くキャットの背を、ヒューはどやしつけた。

「安心しろ。俺が掏摸の親方になったら、おまえを子分にして、こき使ってやるから」

「てめぇの子分になるくらいなら、のたれ死んでやる！」

肩《かた》を怒《いか》らせて嚙《か》みついてきたキャットがおかしくて、ヒューは声を出して笑った。

「まあ、まだ、おまえののたれ死には決定じゃないさ。数日ならば、砂糖林檎《りんご》は木の枝に残ってくれているはずだ」

王城前広場に集まった職人たちをふり返ると、ざっと見渡《みわた》す。

見知った顔もあれば、そうでない顔もある。妖精《ようせい》も混じっている。

「子爵。あらかた、そろった模様です」

集まった連中を回りこむようにして、ジョン・キレーンが戻ってきて報告した。彼はやっと片眼鏡の留め金が壊れているのに気がついたらしく、顔から外し、胸ポケットにねじ込んでいた。

「ご苦労だった」

ヒューが無言で職人たちを見つめ続けていると、近くにいた連中が彼の視線に気がつき、口をつぐみ、こちらを注視する。その気配に周囲が気がつき、それに倣《なら》う。

ゆっくりと、次々と、伝染《でんせん》するように静けさが広がり、そして全員の視線が銀砂糖子爵ヒュー・マーキュリーに集まった。

職人たちの視線を一身に集め、ヒューは口を開いた。

「仕事は、終わりだ」

銀砂糖子爵の声が、重く広場に響《ひび》く。

高い位置へと移動してきた太陽の光が、王城前広場の外周を埋《う》める砂糖菓子を照らし、砂糖菓子は光を反射する。乱反射する光は、銀色を基調に、青や赤、黄、緑と、とりどりの光だ。

「これが俺たちの最後の仕事になるかどうか、結果は、まだわからない。わかり次第《しだい》、知らせてやる。俺たちのできることは終わった。後は祈《いの》るのみだ」

聖ルイストンベル教会の鐘楼《しょうろう》が、朝の鐘《かね》の音を鳴らし始めた。

頭上から降ってきた鐘の音に、職人たちは一斉《いっせい》に視線をあげ、しばし空を見あげる。

降りそそぐような鐘の音と、とりどりに光る周囲のきらめきは、呼吸を止めて、その場の空気に身をゆだねたくなる荘厳《そうごん》さだった。

一人、一人、自然に職人たちは頭《こうべ》を垂れ、目を閉じる。

全員が祈りはじめていた。

苛立たしげな顔をしていたキャットも、諦《あきら》めたようにふっと息をつき、項垂《うなだ》れ、目を閉じる。

ヒューも目を閉じた。

職人たちは祈った。

「ストーさん！　ストーさん！」

細い路地の奥まったところにあるその扉《とびら》を、アンは必死の思いで叩《たた》き続けた。そこは妖精商人ギルドの長《おさ》、レジナルド・ストーがルイストンに滞在《たいざい》するための家だった。

「ストーさん！　お願いです、いるのならば出てきてください！　お願いです、ストーさん！」

執拗《しつよう》に扉を叩き続けていたが、中からの返事はなかった。

――いないの？　でも王家と妖精商人の交渉《こうしょう》は、まだ終わってないはず。それならストーさんは、ルイストンを離れていないはず。

強く扉を叩きながら、アンは彼に扉を開かせる方法はないかと必死で考えていた。

「ストーさん！　訊きたいことがあるんです。それだけなんです。シャル……、以前わたしと一緒《いっしょ》にここにきた黒髪《くろかみ》の妖精が、ストーさんを訪ねませんでしたか!?　彼がどこへ向かったのか、知りませんか!?　お願いです。ストーさん。教えてください」

「扉を、こわす？」

エリルが可愛《かわい》く小首を傾《かし》げながら、乱暴なことを言うので慌《あわ》てた。

「駄目《だめ》よ、そんなことしてストーさんが怒ったら大変だし」

「仕方ないな……」

アンの肩に乗っていたミスリルが、いきなりしゃきっと立ちあがり、むっと腰《こし》に手を当てて声を張り上げた。

「おい！　ここに、妖精市場での取引価格が三百クレスになるだろうと噂《うわさ》に高い、超《ちょう》大物妖精がいるぞ！　その名はミスリル・リッド・ポッド様だ！　出てきたら、ただでくれてやるぞ！」

「なに言ってるの⁉」

仰天《ぎょうてん》したアンは、ミスリルを肩から摑《つか》み下ろし口を塞《ふさ》ごうとした。しかしミスリルはするりとアンの手を避《よ》けると、にっと笑って親指を立てる。

「大丈夫《だいじょうぶ》だ、アン。とりあえずシャル・フェン・シャルの奴の居所さえわかれば、いいんだろう？　情報を聞き出せよ。そして俺様のことはさ、全部が終わった後に買い戻《もど》してくれ。な？」

「そんな駄目よ、ミスリル」

「しのごの言ってる場合か？」

「でも」

うろたえるアンの目の前で、突然《とつぜん》、扉の鍵《かぎ》が外れる音がした。

顔をあげると、扉がゆっくりと開いていた。濡《ぬ》れた灰のような髪色《かみいろ》と、灰色の暗い目。首に巻く赤いタイだけが、彼の姿の中で、色彩《しきさい》と呼べるものだった。揺《ゆ》らめく影がそのまま人の形になったかのようなその姿は、妖精商人ギルドの長レジナルド・ストーに間違《まちが》いなかった。

その姿を目にした途端《とたん》、さっきまでの威勢《いせい》のよさはどこへやら、ミスリルはひぃっと悲鳴をあげ、アンの掌《てのひら》に丸まった。

レジナルドの視線はアンに移り、そしてその背後に立つエリルに向かう。エリルの姿を目にして、彼の目は嬉《うれ》しげに細まった。

「情報と交換《こうかん》に、妖精を渡《わた》すと言ったな？　お嬢《じょう》さん。そう聞こえたが？」

「いえ、それは……」

言い淀《よど》むと、アンの掌の中にいたミスリルはぱっと顔をあげ、意を決したように叫《さけ》んだ。

「そうだ！　教えろ！　態度のでかい黒っぽい妖精が、おまえのところに来たんじゃないか!?　それでなにか、おまえから聞き出さなかったか？　教えろよ」

ぶるぶる震《ふる》えながら、ミスリルはレジナルドを睨《にら》みあげていた。

「それを教えれば、三百クレスの妖精を、わたしに譲《ゆず》るんだな？」

「お、おう！」

「駄目よ！」

思わず、アンが止めようとするが、ミスリルはかまわず、声を張り上げる。

「アンがなんと言おうが、約束してやる！　だから教えろ、来たのか!?」

「ああ、来た」

扉を広く開けると、レジナルドは腕組《うでぐ》みして、扉の枠《わく》にもたれかかった。そして値踏《ねぶ》みするように、エリルの姿をじろじろ見る。

「今、ノーザンブローからルイストンへ向けて南下している妖精王を名乗る妖精が、どのような動きをして南へ下っているか知りたがったから教えた。妖精王を名乗る奴は、逃《に》げ隠《かく》れせず、堂々と街道《かいどう》を南へ下ってきている。待ち伏《ぶ》せていれば必ず会えると、教えてやった。相手を逃《のが》したくないならば、ルイストンから近い場所にある、隘路《あいろ》が好都合だともな」

「そ、その場所の地図はあるか？」

「やめてよ！」

震え声で訊《き》いたミスリルを制止しようと、アンはミスリルを抱《だ》き込もうとした。しかしミスリルはぴょんと飛んで、レジナルドの肩《かた》に飛び移った。レジナルドはちょっと嫌《いや》な顔をしたが、

「地図が欲しいのか？」

と、ミスリルに訊く。

「ああ、くれ。三百クレス相当だからな」

と要求した。アンは、

「ストーさん、待ってください」

と一歩踏《ふ》みだしかけるが、彼はすいと扉の中に入ってしまう。そして程《ほど》なくして出てくると、手にした地図をアンに向かって突《つ》き出した。

「取れ。これが地図だ」

「ストーさん、でも、わたしは妖精と引き替《か》えに、これをもらうつもりはないんです！」

「馬鹿《ばか》、取れ！」

びっくりするような大声で、ミスリルが怒鳴《どな》った。

「取れって言ってんだ！　馬鹿馬鹿馬鹿！」

「でも……」

「馬鹿！　取れよ、アン！」

突然すいと、エリルの手がアンの脇《わき》から伸《の》びて地図を取った。

「ありがとう、もらいます」

「待って！」

跳《は》ねるようにふり返ったアンに、エリルは首を振《ふ》った。

「どうして？　今、必要なことでしょう？　彼の覚悟《かくご》を無駄《むだ》にしないで。ミスリル・リッド・ポッドは、それを望んでるもの」

その言葉に、レジナルドが眉《まゆ》をひそめた。

「おい、待て。三百クレス相当の妖精《ようせい》の名前は、なんと言った？」

「ミスリル・リッド・ポッド様だ！」

そこだけは譲れないらしく、ミスリルはレジナルドの肩の上でふんぞり返って名乗りをあげた。

「わたしに渡すという、三百クレス相当の妖精は、そいつじゃないのか？」

と、レジナルドはエリルを指さす。

「僕は、エリル・フェン・エリル。ミスリル・リッド・ポッドは、彼」

一瞬《いっしゅん》、レジナルドはぽかんとして、そしてその後に、猛烈《もうれつ》に苦いものを食わされたような顔をして呻《うめ》く。

「しまった……」

三百クレス相当の妖精と聞き、レジナルドは、渡される妖精を勘違《かんちが》いしたらしい。どうりで、彼がやすやすと情報を渡したわけだ。エリルであれば、相応の価値があると踏んだのだろう。だが彼の勘違いも無理はない。目の前にミスリルとエリルがいれば、誰《だれ》だってエリルが三百クレス相当だと思うだろう。

エリルが、優《やさ》しく微笑《ほほえ》む。

「妖精の名前を、きちんと覚えていれば良かったね、あなた」

「貴様……」

歯をむき出した狼《おおかみ》さながらに、レジナルドは低い声で脅《おど》しつける。だが確かに、エリルの言うとおりなのだ。レジナルドは、ミスリルの名前を耳にする機会は幾度《いくど》もあったはず。それなのに妖精の名前などに頓着《とんちゃく》していなかったせいで、こんな勘違いをしたのだ。

「わたしを、ぺてんにかけたな」

「違《ちが》うぞ。単純におまえの勘違いだ」

堂々と、ミスリルは告げた。

「さあ！　俺様を煮《に》るなり焼くなり好きにっ……！　は、なるたけ、するなよな。できれば、そっと妖精市場の隅《すみ》っこに、なるべく目立たないように売り出すとかにしてくれ！」

「いらん！」

いきなりレジナルドは、苛立《いらだ》ったように肩に乗るミスリルを引っつかみ、アンの胸に向かって投げつけた。ミスリルはぴぎゃっと悲鳴をあげ、アンの胸にぶつかって、ぼとっと掌の上に落ちた。完全に目を回している。

「そんなもの、いらん。たたき返してやる」

忌々《いまいま》しげに言うと、アンの鼻先を指さす。

「情報はただでくれてやる。我々も、持っていても役に立つ情報でもないからな。あんたたちのおかげで、王家との交渉《こうしょう》が進んだこととの礼ということに、しておいてやる」

「あ……ありがとうございます」

「礼は言うな。腹が立ってくる」

頭をさげて、ミスリルを抱《かか》えたアンとエリルは、きびすを返して歩き出そうとした。するとその背に、

「お嬢さん」

と、レジナルドの声がかかった。ふり返ると、レジナルドはまだ不機嫌《ふきげん》そうな表情が消えて

いなかったが、灰色の目で探《さぐ》るように訊いた。

「あの黒の妖精は、何をしようとしている。何が起ころうとしている？」

どう答えるべきか迷って、しばし考えてから口を開く。

「それは……いずれわかります。ずっと未来には、ストーさんみたいな妖精商人が、失業するかもしれません。妖精を売り買い出来なくなるかもしれません」

「ほぉ、なるほど。まあ、かまわんさ」

レジナルドは、狼の不敵さでにやりと笑う。

「我々は商人だ。妖精が商《あきな》えないならば、他《ほか》のものを商う。それだけのこと。人が必要とするから、我々は妖精を売り買いしているだけだ。不要だと言われれば、別の、もっと金になる商品を探して売るさ」

そのしたたかさにアンは驚《おどろ》き、彼らの立場をすこしだけ理解もした。

――妖精商人は、妖精を憎《にく》んで嫌悪《けんお》しているから売り買いしてるんじゃない。ただ商売だから、やっているだけ。必要とされないならば、売り買いしない。

軽く頭をさげ、アンはエリルと共に駆《か》けだした。シャルのもとへ、一刻も早く駆けつけたい。

ルイストンの街中に、聖ルイストンベル教会の鐘《かね》が鳴り響《ひび》いていた。

鐘の音が、走る者たちの背を押すように、あるいは祈《いの》る者をいたわるように、高く低く響く。

五章　フェアリーテイル

急ぐつもりはなかった。なにしろ目的もないのだから、ラファルは悠然《ゆうぜん》と、気まぐれに南へ向かって街道を辿《たど》っていた。

最初の頃《ころ》こそ、街道沿いの村や町を襲撃《しゅうげき》していたが、そのうちラファルたちの存在が広く知れ渡《わた》ったためか、街道近くの村や町は、ラファルたちが到着《とうちゃく》する頃にはもぬけの殻《から》になっていることがほとんどだった。

人間と争うことなく、急いで逃《に》げ散った人間どもが残した食料や馬を奪《うば》い、妖精たちは不自由なく南下出来た。

「ラファル様……」

奪い取った葦毛《あしげ》の馬に乗り、妖精たちを率いて歩み続けていると、ビルセス山脈から同行している妖精の一人が、馬を並べ、おずおずと声をかけてきた。

「エリル様はいずこに？　すぐにも合流されるだろうと、仰《おっしゃ》っておいでででしたが」

「いずれ程なく、だよ」

曖昧《あいまい》な瞳《ひとみ》の色で微笑むと、相手は恐《おそ》れるように表情を硬《かた》くしたが、それでも続けて問いかけてきた。

「いったい、我らはどこへ向かっているのですか？　なんのために？　ここを南下すれば、ルイストンです。街道《かいどう》の人間どもが逃げ散っているのを見ても、我らの動きが人間どもに読まれているのは明白です。奴《やつ》らがただ、手をこまねいているとは思えません。ルイストンに近づけば近づくほど、危険が」

「危険？　危険のない戦いなどあるのかい？」

「それはありません。ですが、この人数で、もし人間の大軍に遭遇《そうぐう》したら」

背後をふり返り、彼は不安そうに訴《うった》えてくる。

背後にいる妖精たちの数は、百人前後。馬に乗っている者は、二十ほどか。馬に乗っている連中が、ビルセス山脈から付き従っている古株たちだが、彼らは、ラファルと代表者らしい妖精との会話を固唾《かたず》を呑《の》んで見守っている。

「遭遇すれば、戦えばいい」

「しかし勝てるとは思えません」

「勝てる戦いしかしないのか？　おまえ」

「必要ならば戦いますが、我々は目的も知らないのです」

「目的は戦うこと」

笑《え》みを消し、ラファルは無表情に相手を見つめた。

「戦うことが、目的。おまえたちは戦いを望んでいる」

「戦って自由を得ることを望んでいるので、闇雲《やみくも》に戦いたいわけでは……」

「おまえたちはこの現状で、闇雲に戦う以外に自由になる道があると思うのか？」

その指摘《してき》に、妖精《ようせい》はぎょっとしたような顔をする。

「戦う。人間に出会えば、殺す。戦える仲間がいれば、引き入れる。そうする以外の方法があるのか？　戦えばいい。戦うんだ」

言い切ると、ラファルはこれ以上の言葉は不要だとばかりに相手から目をそらし、正面を向いた。妖精はゆっくりとラファルの馬から馬を遠ざけ、背後の仲間のところへ戻《もど》って足並みをそろえる。

——そろそろ限界だ。

正面を見据《みす》えながら、ラファルは感じていた。

人間と戦うと息巻いていた妖精たちは、実際に人間の世界に入り込み、盗賊《とうぞく》まがいに暴れ回った。ある程度暴れ、いったん興奮が収まると、ようやく冷静になってきたのだろう。

自分たちの行動の愚《おろ》かさに、気がつき始めている。

ラファルにしても、最初からこの行為《こうい》が愚かだということは知っている。しかし愚かしくとも、妖精の誇《ほこ》りを守るためには、戦い続けるしかない。

だが他の妖精たちのほとんどは、ラファルほど好戦的ではないはず。

そろそろこのならず者のような集団にも、崩壊《ほうかい》の予兆がある。

——なぜエリルは現れない？

ラファルの予想では、エリルはとっくにラファルのもとに駆けつけていてもいいはずだった。それなのに姿を現さず、そのせいで妖精たちは余計に不安になっている。

これはエリルのための軍団なのだ。

妖精たちが人間と戦う姿をエリルに見せ、彼に王としての自覚を促《うなが》し、そして彼を真の王として目覚めさせるのだ。彼は王となり、戦えと命じるはずだ。もし仮にこの妖精たちが全滅《ぜんめつ》したとしても、彼が生き残れば、いずれまた、ラファルよりも強い求心力で妖精たちを集め、さらに大きな軍団を作れる。

その時こそが、本当の、妖精と人間の戦いの幕開けだ。

これはその端緒《たんちょ》を開くために投じる、一石。

ラファルの視界に、小さな土埃《つちぼこり》が出現した。それは前方、街道上に現れ、徐々《じょじょ》に大きくはっきりしてくる。そして砂埃を蹴《け》立《た》てて走ってくる、六騎《き》ばかりの騎兵の姿が現れた。彼らは鉛《なまり》色《いろ》の鎖帷子《くさりかたびら》を身につけ、先頭の騎馬兵は、旗竿《はたざお》を高く掲《かか》げている。

ラファルが歩調を緩《ゆる》めると、相手もこちらの存在に気がついたらしく、慌《あわ》てたように馬を停止させた。

ラファルがゆっくり、ゆっくりと歩みを進めていると、相手方は、いきなり馬首を巡《めぐ》らせ、先刻と同様の勢いで街道を駆け戻りはじめた。

「ラファル様。あれは」

再び背後から馬を寄せてきた配下の声に、ラファルは薄《うっす》ら笑う。

「斥候《せっこう》だろう。前方に、人間の軍隊が展開しているのかもしれない」

それを聞いた妖精は緊張《きんちょう》の色を顔に浮《う》かべたが、ラファルはぞくぞくと背筋を這《は》い上がる、快感めいた悦《よろこ》びを感じる。とうとう、人間たちと戦う時が来る。

――ここにエリルさえいれば。エリルが、この戦いを見れば。

無残に殺される妖精たちを目にして、彼が怒《いか》り、憎悪《ぞうお》をたぎらせ、妖精王として戦う決意を強くしてくれればいい。

ラファルに向かって、命尽《つ》きるまで戦えと、王として命じればいい。

街道は極端《きょくたん》に狭《せま》くなり、左手側には切り立った崖《がけ》が迫《せま》っていた。

右手側は、木がまばらに生える、なだらかな草原に見えたが、そのなだらかな草原はいきなり落ちこんで、えぐり取られたような、激流の川を見おろす断崖《だんがい》になっている。

逃げ場のない隘路《あいろ》を選び、人間たちは待ち伏《ぶ》せているのだろうか。

落ちこんだ激流の向こうの崖の上には、人間たちの姿が、少なくない数いた。どれもこれも兵士には見えないが、こちらの様子を注視している。激流を挟《はさ》んだ安全な場所で、戦見物《いくさみもの》でもする腹づもりなのだろう。

そうと思って左の崖の上を見あげると、こちらも、豆粒《まめつぶ》のような大きさだったが、崖から首を突《つ》き出して下の様子を確認《かくにん》している人間の顔がある。こちらこそ、文字通り高みの見物だ。

こうやって人間どもが集まっているところを見ると、前方には間違《まちが》いなく人間の軍隊がいるはず。しかもそれは、かなりの規模なのだろう。

悪趣味《あくしゅみ》な戦見物に集まる人間どもに、吐《は》き気がする。

「下劣《げれつ》な生き物」

口にして、笑う。人間は下劣な生き物ぶりを、エリルに見せつければいいのだ。

——エリル。来い、エリル。

それだけを祈《いの》り続け、ラファルはゆったりと馬を進めていた。

その時。

前方の街道上に佇《たたず》む影《かげ》を認めた。背筋を伸《の》ばして立つ、黒髪《くろかみ》に黒い瞳の妖精だ。

ラファルの笑みが消える。

「シャル・フェン・シャル」

招かれざる、忌々《いまいま》しい、兄弟石の王がそこにいた。

「王国軍だ！」

前方を指さしたのは、アンを抱《かか》え込むようにして馬を走らせていたエリルだ。

レジナルド・ストーからの情報を得ると、アンは銀砂糖子爵別邸《ししゃくべってい》から勝手に馬を拝借し、エリルに乗せてもらって北へ向かって駆《か》けた。

ストーの情報によれば、ラファルは街道を南下しており、もしシャルが彼を待ち伏せしようとするならば、ちょうど都合のいい隘路があるという。彼はそこで、ラファルの到着《とうちゃく》を待っているに違《ちが》いない。

しかし同時に、王国軍もまた、そこがラファルたち荒《あ》れ狂《くる》う妖精王の軍団を迎《むか》え撃《う》つのにふさわしいと考え、軍を展開している可能性が高かった。

そして案の定、そこへ近づくと、街路を埋《う》めるように布陣《ふじん》している王国軍がいたのだ。

その姿を見るなり、エリルは手綱《たづな》を引き絞《しぼ》り馬を止めた。

「どうするの？」

エリルに問われ、アンは周囲を見回した。

「とにかく、シャルに会わなくちゃ。彼を探して」

その時、

「いた、いたぞ！　シャル・フェン・シャルがいた！」

右手側に立ちあがっている崖の上から、ぴょんぴょんと、器用に飛び降りてきたのはミスリル・リッド・ポッドだ。彼は途中《とちゆう》でアンたちと別れ、右手の崖によじ登り、そこから先回りして街道《かいどう》の様子を見に行ったのだ。

ひときわ大きく跳躍《ちようやく》し、ぴょんと馬の頭に乗ったミスリルは、シャルを見つけたという嬉《うれ》しい発見をしたにもかかわらず、顔色は蒼白《そうはく》だった。

「あいつ、街道の真ん中にいた。そこへ向かって、北側からラファルたちが来てる。王国軍の斥候が、ラファルたちとシャルを発見したけど、あいつ、斥候を王国軍に帰らせて、動こうとしない。多分あいつ、ラファルとやり合うつもりだ」

「でも、王国軍が南から襲《おそ》ってきたら、彼らはシャルもラファルも一緒《いつしよ》くたに攻撃《こうげき》しちゃう」

アンも色を失うと、エリルがすいと馬を下りた。

「僕が、崖を回りこんでラファルのところへ行く。彼を説得する。ここは引いてくれるようにって」

意外にも冷静なエリルの対応に、アンも、乱れる気持ちを抑《おさ》えこもうとした。

──なにか、わたしにできること。

そう思った時、自分のドレスのポケットに収まっているものの重みを感じる。ドレスの布地の上からそれに触《ふ》れ、アンは頷《うなず》く。

「わたしは……陛下にお願いする。兵を進めるのを待ってもらえるように」

「できるのか？」

心配げなミスリルに頷きながら馬を下り、アンは答えた。

「大丈夫《だいじょうぶ》。わたしには、託《たく》されたものがある」

そこでミスリルの頭を軽く撫《な》で、お願いした。

「この馬、見ててもらえる？　エリルもわたしも行っちゃうから、馬が逃《に》げ出さないように。この馬を、ちゃんとヒューのお屋敷《やしき》に返さないとならないもの」

「お、おう」

ミスリルは請《う》け合いながらも、心配でたまらないような顔で、馬の頭の上からアンを見おろす。

「なあ、アン。おまえ、大丈夫なのか？　国王のところまで、行けるのか？」

「平気。わたしみたいな女の子、逆に軍隊の中を突っ切るのは簡単だと思う。だって誰《だれ》が見ても、兵たちより弱いもの」

意を決したように、エリルは崖の上にぐいと顔を向ける。

「じゃあ、行くね」

それだけ言うと、信じられないほどの跳躍力で、一気に崖の上へ飛びあがっていった。アンはミスリルに向かって、微笑《ほほえ》んだ。

「行ってきます。ミスリル・リッド・ポッド」

手を振《ふ》ると、アンは身をひるがえし、整列している王国軍の兵士たちのほうへ向かって駆けた。隊列を崩《くず》せない兵士たちは、定位置に片膝《かたひざ》をついて待機している。彼らの中にぱっと踏《ふ》みこむと、兵士たちは驚《おどろ》いたように顔をあげてアンを見あげる。

「どうした、お嬢《じょう》ちゃん。親父《おやじ》さんに弁当でも届けるのか？」

兵士の一人が気軽に声をかけてくると、別のほうから、

「それとも、一人前に彼氏に会いに行くのか？」

と声がかかり、どっと笑いが起きた。

「隊列から離《はな》れてろよ、戦が始まるぞ」

「巻きこまれるぞ」

親切らしい声もかかるが、どの声にも、アンはなるたけ落ち着いた笑《え》みを向け、軽く頷きながら、兵士たちの間をすり抜《ぬ》けていった。自分が見るからにか弱い、子供っぽい姿で良かった。誰もアンを警戒《けいかい》していない。


「前方の隘路に、妖精王《ようせいおう》を名乗る一団を発見！」

戻《もど》ってきた斥候《せっこう》が、整列した隊列の中央後方の場所で騎乗《きじょう》する、王の前に膝《ひざ》をつき報告した。

ハイランド王国国王エドモンド二世は、毛並みよく手入れされた愛馬にまたがり、その報告

なもの。とても実用向きではないと、彼自身も知っていた。

しかしそれでいいのだ。

王が軍を指揮するためにそこに存在するというだけで、軍の士気が倍増すのだ。

国王の背後に付き従っているのは、宰相《さいしょう》のコレット公爵《こうしゃく》と、将軍ヘイグ伯爵《はくしゃく》。

さすがにヘイグ伯爵は武人らしい、鋼《はがね》の色味が重厚《じゅうこう》な鎧を身につけているが、コレット公爵は革製《かわ》の上衣《うわぎ》とズボンの上に、鎖帷子《くさりかたびら》を着けただけの軽装だ。コレット公爵は、陣形《じんけい》の奥深く、国王のいる場所に、けして危険がおよぶことはないと知っているのだ。

王の周囲は近衛《このえ》の騎馬《きば》兵に囲まれ、さらにその外には、槍《やり》を携《たずさ》えた歩兵が二重に囲む。

「来ましたな。腕《うで》が鳴る」

大柄《おおがら》な体軀《たいく》に強《こわ》い髭《ひげ》を顔全体に生やしたヘイグ伯爵が剛胆《ごうたん》な笑みを見せるが、コレット公爵は彼とは真逆、冷静な無表情で、王の背中に囁《ささや》きかけた。

「陛下。前衛部隊の進撃《しんげき》を、命じられるときかと」

「そうだな」

そこでエドモンド二世は、ちくりと胸に痛みが走ったようにわずかに顔を歪《ゆが》める。そして、

「コレット」

と、細い声で囁きかける。

「現状は、そなたの思惑《おもわく》通りに進んでおろう。満足しておるか？　しかし事が全《すべ》て終わり安定した暁《あかつき》には、余は、そなたを罷免《ひめん》するだろう。そして新たに強い宰相を選ぶ。王国の安定のため、今、現状では出来ぬが、必ずそうする。それだけ余は、腹立たしいのだ」

するとコレット公爵は、呆《あき》れたようにため息をつく。

「そうなさりませ、陛下」

「では、進軍を……」

と、声を改めて号令しようとしたエドモンド二世に向かって、跪《ひざまず》いた斥候は戸惑《とまど》うように顔をあげて、続けた。

「しかし陛下、その……妖精王を名乗る軍団と我が軍の間に、一人、妖精が立ちはだかっております。その者は妖精王と名乗りましたが、陛下に伝言をと」

その言葉に、エドモンド二世の表情が変わる。

「申せ」

「『約束を果たすので、動くな』とお伝えしろと」

「彼か!?」

目を輝《かがや》かせたエドモンド二世とは裏腹に、コレット公爵は眉《まゆ》をひそめる。ヘイグ伯爵は訝《いぶか》しげな顔をした。

「『人間はその目で、見守れ』とも、申していました」

続けられた斥候の言葉を遮《さえぎ》ろうとするように、

「陛下！」

コレット公爵が声をあげる。

「待ってはなりません。今、進まねばなりません。ご覧ください、崖《がけ》の上、川の向こう岸。民《たみ》は陛下が、五百年前のセドリック祖王と同様に勇ましく戦い、妖精王を倒《たお》すことを望んでいます。ギルム州で虐殺《ぎゃくさつ》された民の遺族は、陛下が御《おん》自ら命じ、非道な妖精王を討伐《とうばつ》することを望んでおります。なんのために陛下はここまで、討伐軍を仕立てておいでなのですか」

エドモンド二世は、苦悩《くのう》するように顔を歪めた。

「陛下は国王です。民の望みを背負うお立場です」

迷う様子のエドモンド二世に、コレット公爵はたたみかける。常の彼にはあり得ないほどの強い口調と熱意が、周囲の者を打ち据《す》えるように響《ひび》く。

「陛下のお腹立ちは承知しております！　御本意でないことも、承知しています！　ただ現状をお考えください。陛下。わたしは、王国の安定を望んでおります。陛下、正しいご決断を！」

「そなたは」

「わたしは、王国が最も安泰《あんたい》と思える道を選んで頂きたいだけです。陛下、他意はありません。わたしが望むのは、王国の平和のみです！」

策略家のコレット公爵には珍《めずら》しい、必死の感情の滲《にじ》む声だった。この時ばかりは、王を欺《あざむ》こうとする、謀略《ぼうりゃく》の色がその目には見えなかった。

「そうなので、あろうな。そなたはそうなのだろう、コレット。その意味でいけばそなたは、得がたい賢臣《けんしん》であるのは間違《まちが》いない」

軽く目を閉じて告げたエドモンド二世は、しばらくして再び目を開く。その目には諦《あきら》めと同時に、決意があった。

自らの望みではない。だが現状がこうなったからには、王としてやらねばならないことがあるのだ。

それは王たる者の義務だ。本来気弱で優《やさ》しい王も、幼い頃《ころ》から教えられた、その義務感だけは知っている。

真っ直《す》ぐに顔をあげ、右手を高く掲《かか》げた。そして王たる者の威厳《いげん》を備え、声を張った。

「余は、命じる。前衛の……」

そこまで命じた時、後方から兵士たちが騒《さわ》ぐ声が、波のように押し寄せてきた。

その異変に、コレット公爵、ヘイグ伯爵は視線を後方に向け、エドモンド二世も言葉をとぎれさせて、後方に顔を向けた。

「国王陛下!」

あまりにも場違《ばちが》いな声と姿に、兵士たちは驚き、目を丸くし、その人物が駆《か》けてくるのをただ見送っている。

鎧を身につけた大柄な兵士の間をすり抜けて、転がるように駆けてくるのは、手足の細い、小柄《こがら》な少女だ。まるで子犬が軍隊の中に紛《まぎ》れこんできて、走り抜けているような感じだ。

時折、手を伸《の》ばして彼女を止めようとする者もいたが、鎧を身につけた彼らよりも、格段に身軽で小柄な彼女は、その手の下をすり抜ける。

ナイフ一つ持たず、鎖帷子すらも身につけず、あまりにも無防備な愛らしいドレス姿で、少女は駆けてくるのだ。

「ハルフォード」

呆然《ぼうぜん》と、エドモンド二世が呟《つぶや》くその正面に、二重の歩兵の壁《かべ》と近衛の騎馬兵の隙間《すきま》をかいくぐった銀砂糖師のアン・ハルフォードが跪く。彼女は顔を伏《ふ》せ、激しく肩《かた》を上下させて息を整え、あえぎながら声を発した。

「今……。聞こえました。前方に妖精王が、いると。……だったら、待ってください。陛下……。軍隊を動かすのを、待ってください。彼が、待てと言うからには……待ってください。彼は証明しようとしているのだと、思います。ここにいるみんなに、見せたいのだと、思います。人間に仇《あだ》なす妖精王を、人間と共に歩もうとする妖精王が、滅《ほろ》ぼす様を。それが陛下と彼の誓《せい》約《やく》を成立させるための、条件なのですから」

「この期《ご》におよんで」

コレット公爵が声を発しようとするのを、エドモンド二世が手をあげて制止した。

「コレット、余が話す」

「陛下!?」

「余が話す！　余が国王である！」

怒鳴《どな》りつけられたコレット公爵は、目を瞬《しばたた》いた。

エドモンド二世は静かな声で命じた。

「顔をあげよ。ハルフォード」

銀砂糖師の娘《むすめ》は、顔をあげた。その顔は汗《あせ》だくで、疲労《ひろう》の色が濃《こ》く、そして目は必死の光を宿している。

しかし。

「もう、遅《おそ》いのだ。ここまで軍を展開し、目の前に敵がいる。この状況《じょうきょう》で敵か味方かもわからぬ妖精《ようせい》王の一人が『待て』と言っても、それを受け入れられるほど、国を背負う者の責任は軽くない。民が妖精王討伐を願っているのに、相手が待てと言うから待つというのでは、誰《だれ》も納《なっ》得《とく》はできぬ」

一瞬《いっしゅん》、アンの瞳《ひとみ》に絶望の色がよぎる。その目から痛ましげに視線をそらすと、エドモンド二世は続けた。

「わかったな、ハルフォード。余は命令を下す」

すると彼女は、そろりと立ちあがった。

怯《おび》えるように、絶望したかのように、じりじりとアンは後ずさりを始めた。そうしながらも彼女は、ドレスのポケットから何かを取り出すと、それを胸に抱《だ》きしめるようにして、近衛《このえ》の騎馬《きば》兵と、二重の槍《やり》の歩兵の垣根《かきね》の間を、後ろ向きに、じりじりと通り過ぎる。

その動きに、コレット公爵《こうしゃく》が不審《ふしん》げに眉根《まゆね》を寄せた。

すると、

「陛下は、出撃《しゅつげき》命令を下せません」

護衛の垣根を越《こ》えたところでアンは立ち止まり、そう言った。

「陛下。陛下が出撃命令を下すのであれば、砂糖菓子《がし》はこれから先、千年間、失われます」

胸の中で、心臓が怯えたようにびくびくと鼓動《こどう》していたが、もうこれ以上のやり方を、アンは思いつかなかった。胸の前で抱《かか》えた小さな革袋《かわぶくろ》を、両手の上に広げてみせる。

「これは最初の銀砂糖です。これが失われれば、次に最初の銀砂糖になれる銀砂糖が精製できるのは、千年後です」

「なに……？」

エドモンド二世とコレット公爵が、同時に驚愕《きょうがく》の表情を浮《う》かべたのを確認《かくにん》して、アンはじりっと一歩、足を引く。

「陛下が進軍の命令を発したら、わたしは、これを川に捨てます！」

そう叫《さけ》ぶやいなやアンはきびすを返し、兵士たちの脇《わき》をすり抜《ぬ》けて、北西側に向けて走り出した。すぐに、

「その娘を取り押さえろ！」

コレット公爵の声が背中越《ご》しに聞こえたが、兵士たちにその命令が伝わるよりも先に、アンは駆け抜けた。

息が苦しくて、どうしようもない。

鋼の鎧《よろい》の間をすり抜けるが、彼らの手が、背後から背後から、伸ばされては空を掴《つか》む。ぎりぎりのところで、アンは命令が伝わるよりも先に駆けていた。

やっと、目の前が開けた。

草の根に蹴躓《けつまず》きそうになりながら、アンはなだらかな草原を駆け降りた。激しい川の流れの音が聞こえ、切り立った向こう岸が見える。向こう岸には、戦《いくさ》見物の人々の姿があり、王国軍から駆け出してきた少女が何者かと、つま先立ちで確認しようとしている。

断崖《だんがい》の突端《とったん》まで来ると、アンは右手に革袋を握《にぎ》りしめ、その拳《こぶし》を川の上へ突《つ》き出した。

「それ以上近づいたら、これを川に捨てます！」

追ってくる兵士たちに向かって、アンはあえぎながら、可能な限りの大声で警告した。

兵士たちは戸惑《とまど》ったように立ち止まり、アンを遠巻きに、じりじりと迫《せま》ってくる。

「止まれ！　それ以上、その娘に近づいてはならぬ」

包囲を狭《せば》める兵士の背に、エドモンド二世の声が命じた。彼は騎馬を草原に乗り入れ、背後にコレット公爵とヘイグ伯爵《はくしゃく》、そして近衛の騎馬兵を引き連れて、こちらにやってくる。ある程度の距離《きょり》で馬を止めると、エドモンド二世は厳しい顔でアンを見おろす。

「なんのつもりだ、ハルフォード」

「待って欲しいんです」

息が苦しくて、肩を激しく上下させながら、アンは北側の街道《かいどう》を目で探《さぐ》った。遠い場所にぽつりと、黒いすんなりとした影《かげ》が立っている。

——シャル。

そしてそのさらに先に、騎乗《きじょう》した妖精たちの姿があった。

黒い影と向かい合った先頭で、馬にまたがっているのは、薄緑《うすみどり》と薄青を混ぜ合わせ、さらに、ひと筆の黄色を混ぜ込んだような、曖昧《あいまい》な髪色《かみいろ》の妖精。だがその髪色は、馬が一歩進むごとに、徐々《じょじょ》に、炎《ほのお》のような朱色《しゅいろ》に変化していた。

アンの視線を追って、エドモンド二世を始め、全員の視線が遠い場所にいる、二人の妖精王に向かう。彼らの姿を認めた人間たちの間に、緊張《きんちょう》が走る。その緊張感を感じ取り、アンは声をあげた。

「彼が、黒の妖精王が、荒《あ》れ狂《くる》う妖精王を止めます！　証明します！　妖精王は、人間と共に歩むことを望んでいると！　そのために、兄弟であるはずの荒れ狂う妖精王を、止めます！　これ以上の明確な、妖精王の意志を証明する方法はありません！」

最初の銀砂糖を握る手が震《ふる》えた。

「待ってください。黒の妖精王が、証明するものを見てください！　陛下！」


街道の北側に現れた騎馬の姿を、シャルは凝視《ぎょうし》していた。

先頭で騎乗する者の髪色は、薄緑と薄青を混ぜたような曖昧な色で、高く澄《す》んで晴れた秋空から降る日の光を受け、所々が黄色みを帯びた輝《かがや》きになる。その髪色が、一歩一歩こちらに馬が進むにつれ、炎のような朱色に変化してくる。

――ラファル。

右掌を広げて意識を集中すると、銀の光の粒《つぶ》が空気の中から集まってくる。それが剣《けん》の形になると、しっかりと握りしめた。

ラファルを待ち受けていると背後から、喚《わめ》きあうような声が遠く響《ひび》いてきた。前方を警戒《けいかい》しながらも、ちらりとふり返ると、街道を外れた草地を斜《なな》めに横切るようにして、乱れた陣形《じんけい》で王国軍の騎馬兵らしき一団が駆《か》けていた。

その一団の先、彼らが追っている者の姿が視界に入った途端《とたん》に、我が目を疑った。

——アン⁉

遠目でも、その姿を間違《まちが》えるはずはない。いつも身につけている見慣れたドレスと、麦の穂《ほ》の色より、わずかに金色みを帯びている髪。細い手足の小柄《こがら》な体。

彼女は崖《がけ》っぷちにまで追い詰《つ》められると、ぴたりとそこに立ち止まり、片手を崖の外へ向かって突き出した。そこになにかが握られているらしいが、そこまでは見て取れない。しかしそのおかげなのか、彼女を追っていた一団は歩みを止め、彼女を遠巻きにする。

「なにをしている……こんなところで、こんな時に」

目の前にはラファルが迫っている。シャルは彼をこの場で仕留め、人間王たちに、妖精王の意思統一が口先だけのものではないと、証明する必要がある。

ここまでこじれてしまっていては、自らの手で、荒れ狂う者を断罪する姿を見せるしかない。

妖精王が、妖精王を滅《ほろ》ぼす姿を、人間王とその配下の者たちは目にする。

そして都合が良いことに、戦見物などという、悪趣味《あくしゅみ》な娯楽《ごらく》を求めてやって来た連中も、その光景は目にするはずだ。そして戦見物に来るような物見高い連中は、必ず、妖精《ようせい》王が荒れ狂う妖精王と戦ったと、触《ふ》れ歩くに違《ちが》いない。

これはある意味、見世物だ。

命をかけておこなう見世物だ。

王国軍とて、大軍を動かしたのはただひとえに、妖精王を討伐《とうばつ》したという事実を、大々的に国民たちに見せたいからにすぎないはず。

そんな場所に、アンは何を思ってやってきたのか。

なにをしようとしているのか。

しかし確かなのは、前方に迫るラファルの軍団と、ここにいるシャルの姿を認めても、王国軍が動いていないという事実。シャルの言葉のみで王国軍がとどまっているのか、もしくは。

――アンか？

彼女が今そこにいることで、王国軍を押しとどめているのか。

――どちらにしろ、早々に決着をつける必要がある。

シャルの片羽は緊張に震え、銀色の硬質《こうしつ》な輝きだけを纏《まと》う。

互《たが》いの顔が確認出来るほど近づくと、ラファルは馬を止め、彼の背後にいる妖精たちも順次歩みを止めた。

「どうした、シャル？　不機嫌《ふきげん》な顔だ。おまえの望む人間たちとの誓約《せいやく》とやらは、成立したのか？」

唇《くちびる》の端《はし》をつりあげながら、うっすら微笑《ほほえ》むラファルに、シャルも微笑《びしよう》を返す。

「ご覧の通りだ。誰《だれ》かさんのおかげで、妖精王を名乗る者を討伐しようと、人間王が軍を出した」

「おまえも討伐されるということか？　それならばわたしとともに人間と戦うか？　シャル」

ラファルの髪と同様に、彼の片羽も朱銀《しゅぎん》の輝きをまとい、微《かす》かな興奮にぴりぴりと震えている。

「生憎《あいにく》、そのつもりはない。ここでおまえを滅ぼす」

「そうして、なんになる？　人間王の信頼《しんらい》を取り戻《もど》せると？」

「取る戻せるかもしれない。これが、唯一《ゆいいつ》の最後の方法だ」

「なるほど。派手な見世物だ。しかしわたしも、見世物を欲《ほっ》しているのは同じだ。見せたい相手は、まだここには現れていないが……。いずれ、噂話《うわさばなし》ででも耳にするだろう」

腰《こし》にある剣をラファルは抜くと、いきなり、馬の腹を強く蹴《け》った。その衝撃《しょうげき》で馬が嘶《いなな》き、シャルに向かって駆け出した。

シャルの脇を駆け抜ける時、ラファルは馬上から、下から上へ振《ふ》り抜くように剣で斬《き》りあげた。すんでの所で背後へかわすと、シャルの髪の先が刃《は》に触れてぱっと散る。しかしその近距離《きんきょり》で刃をかわしたおかげで、シャルは持っていた剣で、駆け抜ける馬の後ろ足首辺りを、横薙《よこな》ぎに払《はら》った。

馬がひときわ大きく嗚き、いきなり横倒《よこだお》しになる。

ラファルは咄嗟《とっさ》に身を躍《おど》らせ、街道脇の草地に着地した。

そこに向けて、シャルが身を低くして駆け、斬りかかる。低い位置から繰《く》り出された刃を、ラファルは背後に飛んでかわし、間をおかず襲《おそ》った二度目の斬撃《ざんげき》もまた、手にした剣で撥《は》ねあげて弾《はじ》く。

大きな跳躍《ちょうやく》で、二人とも草地の真ん中辺りまで移動していた。

双方《そうほう》、五、六歩の距離をおき、睨《にら》み合う。

街道に群れている妖精たちは、ラファルに加勢しようとするかのように、馬首を草地に向けて駆け出した。その気配を背後に感じ、シャルは再び斬りかかった。

──加勢が来ては、やりにくい。

新手の妖精たちを相手にしていれば、ラファルに逃《に》げられかねない。

今度こそ彼を逃がすわけにはいかない。

猛然《もうぜん》と斬りこむが、ラファルは剣でシャルの刃を弾き続ける。しかしラファルの方は反撃《はんげき》の隙《すき》を見つけられないまま、じりじりと、断崖《だんがい》の方へ向かって押されていく。

ラファルは、生まれながらにあった自分の特殊《とくしゅ》能力を失ったことで、戦闘《せんとう》能力が落ちている。

ラファルが歯を食いしばり、余裕《よゆう》のないうめき声を発した。もうすこし押していけば、疲《つか》れのためにラファルに斬りこめる。

そう判断した瞬間《しゅんかん》、背後にひやりとする風を感じた。

本能的な動きで背後の風から身をかわすと、いきなり、右肩《みぎかた》から真下に衝撃が走った。

——斬られた。

加勢に来たラファルの配下が、馬で駆け抜《ぬ》けざま、シャルの肩を斬りつけていた。

しかし身をかわしたおかげで、なんとか羽は守り通せた。肩から背にかけて、命の源である銀の光の粒が、きらきらと流れ出している。

ラファルはその隙に、さらに二度ほど、大きく背後に跳躍していた。

馬首を巡らした配下の妖精は、再びシャルに斬りかかろうと向かって来る。背後からも、草を蹴《け》散《ち》らす、複数の足音が迫《せま》ってくる。

——このままでは、逃げられる。

唇を噛《か》み、ラファルの姿を目で追う。走り出そうとするが、前方から突進《とっしん》してくる騎馬《きば》の妖精が邪魔《じゃま》だ。背後の足音も近い。

「全員、動かないで！」

澄んだ声が、狭隘《きょうあい》な街道《かいどう》に降りそそぐように響く。

一瞬《いっしゅん》、誰もがはっと、その声の主を振り仰《あお》ぐ。

街道の側面を塞《ふさ》ぐように立ちあがった崖の頂きに、銀の髪《かみ》、銀の瞳《ひとみ》をした、背に二枚の美しい羽を持つ少年妖精がいた。彼は目を怒《いか》らせ、断固とした口調で命じた。

「僕の声が聞こえた者は、動くな！」

シャルに斬りかかろうとしていた妖精たちの動きが、ぴたりと止まる。

「エリル様」

岩のように大きな体の妖精たちが、慕《した》うように声をあげ、少年妖精を見あげる。

「エリル」

歓喜《かんき》の笑《え》みを満面に見せたのはラファルだ。彼は悦《よろこ》びに震《ふる》える声で、兄弟石の名を呼んだ。

「エリル。やっと来たか、エリル」

この場になぜエリルが姿を現したのか、理由はわからない。

だがシャルは、この一瞬の隙を逃《のが》すまいと駆《か》けた。身を低くし、草地を渡《わた》る風のように、鋭《するど》く、ラファルに向かって斬りかかった。ラファルは、背後に跳んでかわそうとした。だが一瞬だけ、遅《おそ》かった。シャルの刃の先が、彼の腹を浅く切り裂《さ》いた。

呻《うめ》き、ラファルは後退《あとずさ》る。

さらに一閃《いっせん》、シャルが上段から斬りこもうとした瞬間、ラファルが刃に身をさらすように、いきなり踏《ふ》みこんできた。シャルの刃がラファルの肩口《かたぐち》に食い込むが、それと同時に、ラファルの剣《けん》はシャルの脇腹《わきばら》を浅くかすめた。

咄嗟に、シャルは剣を握《にぎ》っていないもう一方の手で、剣を握っているラファルの手首を摑《つか》んだ。するとラファルもまた、剣のない手で、剣を握るシャルの手を摑む。

二人、互いの呼吸と上下する肩の動きがわかるほどの間合いで、睨み合う。

二人の体からこぼれ落ちた銀の光の粒が、草葉の上に落ち、葉に弾かれ、地面に落ちる。

歯を食いしばりながらも、ラファルは笑っていた。

「エリルが来た。わたしのところに。彼が王として命じるならば、わたしは、命が果てるまで人間を殺し続け、抵抗《ていこう》し続ける」

「愚《おろ》かだ」

肩と脇腹の痛みに顔を歪《ゆが》めながら、シャルは吐《は》き捨てた。そして続ける。

「そして、哀《あわ》れだ」

「おまえには、わからないよ、シャル」

囁《ささや》くようにラファルは呻く。

「わかりたくもない」

シャルも囁きながら、渾身《こんしん》の力でラファルを押し離《はな》そうと試みる。だが双方の力は拮抗《きっこう》し、互いに押し合っていて、動けない。

水が轟音《ごうおん》をあげて流れる、激しい音がする。よほど断崖に近づいてしまっているらしく、水しぶきから立ちのぼる風圧が作る冷たい風が、シャルとラファルの羽を下から上へと吹《ふ》き散らす。

「最初の銀砂糖は、アンの手にあるよ！」

崖《がけ》の上からエリルが告げた。その言葉に、ラファルとシャル、双方がぎくりとする。

——まさか、エリルは。

背後の崖の上にいるはずの、彼の姿は見えない。彼は今どんな表情なのか確認《かくにん》出来ないが、ラファルには見えているのだろう。曖昧《あいまい》な色の瞳には、驚愕《きょうがく》の色がある。

最初の銀砂糖がアンの手にあるとするならば、彼女は今、その最初の銀砂糖を盾《たて》にして、王国軍を押しとどめているのだ。それはなんのためか、考えるまでもなかった。

アンはシャルが、ラファルを滅《ほろ》ぼそうとしていると知っているからこそ、こうやって来てくれたのだろう。

自らが、生きる意味だとさえ思っているものを盾にして、妖精《ようせい》たちに問いかけているのだ。妖精王たちは、どんな未来を選ぶのかと。

──ここでラファルを滅ぼさなければ。

しかし肩と脇腹の傷からは、どんどん銀の光が流れ出ている。それはラファルも同様だが、傷はシャルのほうが深い。このままでは勝てないのは確実だった。

エリルは、歯を食いしばった。

──高すぎる。下へ行けない。

エリルが見おろす断崖は目がくらむほどに高く、いかな身軽なエリルといえど、迂回路《うかいろ》を探さないことには下へ下りられない。

しかし眼下ではすでに、シャルとラファルはのっぴきならないところでせめぎ合っている。

人間たちも見ている。それはおそらくシャルが意図したことで、ここで荒《あ》れ狂《くる》う妖精王を滅ぼすシャルの姿を見せつけて、それを人間王と妖精王の信頼《しんらい》のよすがにつなげようとしているのだ。

――ラファル。

彼はエリルの意図を計りかねるような、驚《おどろ》いた目をしている。

エリルをこの世に出現させてくれた、曖昧な色の魅惑《みわく》的な瞳が、エリルになにかを問いかけるようだ。

――ラファル。僕はラファルが、大好きなのに。なのになぜあなたは、恐《おそ》ろしくて残酷《ざんこく》なんだろう？　そんなあなたでも、僕はあなたが好きなのに。どうして……。

ルイストンの街中に出現した、きらきらかな砂糖菓子《がし》が見せつけた幻《まぼろし》の未来は、エリルの胸に鮮《あざ》やかに刻まれてしまった。それを現実にしたいという強い思いが、エリルに自分の名前を取り戻《もど》させた。

その鮮やかな幻を現実にするためには、どうすればいいかエリルにはよくわかっている。

涙《なみだ》があふれる。生まれて二度目の涙は、胸が引きちぎられそうな痛みを伴《ともな》っている。

しかしやるべきことは、わかっていた。顔をあげ、声だけは谷間に響《ひび》くほどに大きく告げた。

「僕は、エリル・フェン・エリル。三人の妖精王の一人」

さらに、声を張る。

「妖精と人間がともに歩む道を阻《はば》む妖精王は、必要ない！　だから、黒の妖精王に命じる！　僕は……」

そこから先、言葉にならなかった。


——シャル。シャル。

アンは最初の銀砂糖の袋《ふくろ》をしっかりと摑んだまま、震えていた。遠目にも、シャルが怪我《けが》をしたのがわかる。そして彼がラファルと組み合ったまま、じりじりと断崖《だんがい》のほうへ移動しているのを見て取ると、声をあげそうだった。

——それ以上動いたら、危ない！　落ちちゃう！

エリルが崖の上から制止の声をかけてくれたので、他《ほか》の妖精たちの動きが止まった。あとはラファルのみだ。彼はおそらくエリルの制止があったとしても、シャルを討《う》ち取る絶好の機会である今を、逃さないはず。それはシャルも同じことで、決着がつくまでは双方《そうほう》引くことはない。

──シャル。シャル。

シャルとラファル、互《たが》いの力は互角《ごかく》に思える。その時、

「僕は、エリル・フェン・エリル。三人の妖精王の一人」

崖の上から、エリルの声が降ってきた。アンを取り巻いていたエドモンド二世も、コレット公爵《こうしゃく》も、ヘイグ伯爵《はくしゃく》も、驚いたように崖上を見やる。

彼らは崖の上の新たに出現した妖精王と、断崖ぎりぎりに迫《せま》って組み合っている二人の妖精王を見比べ、ただ呆然《ぼうぜん》としている。

「妖精と人間がともに歩む道を阻む妖精王は、必要ない！　だから、黒の妖精王に命じる！　僕は……」

崖の上から、エリルの命じる声が響く。

その命令の意図を察し、アンはぎくりとした。

崖の上を振《ふ》り仰《あお》ぐと、エリルがすっくりと立っている。

──まさか!?


命じる声に、ラファルは目を見開く。

「……エリル？　なぜ」

どんな命令でも、エリルが王として発する言葉ならば従いたかった。命が尽《つ》きるまで戦えと言われれば、喜んで戦っただろう。

しかし今、真の王らしく気高い威厳《いげん》をもって、高い場所で命じた声は、ラファルに向けられた命令ではなく、シャルに向けられた命令だった。

ラファルに向けられた命令は、言葉にされていないだけだ。その命令は。

「妖精王エリルは、俺におまえを滅ぼせと言っている。おそらく、命がけでとな」

シャルが口の端《はし》で笑った。そして、

「おまえへの命令は、『死ね』だ。ラファル」

エリルが言葉にするのをためらった残酷な命令を、シャルは口にした。

絶望感というものを、ラファルは幾度《いくど》も味わってきた。幾度も幾度も、数え切れないほどだ。だがシャルに突《つ》きつけられたその言葉が、ラファルの中に落とした絶望感はあまりにも大きかった。一瞬《いっしゅん》、それが絶望感だと気がつけないほど、いきなり、体の中心が空洞《くうどう》になったような衝撃《しょうげき》を感じただけだ。

──ああ、そうなのか。

あまりに大きすぎる絶望感に、憎悪《ぞうお》も、哀《かな》しみも起きなかった。ただ白々とした気分で、理解した。ラファルの思いに応《こた》えてくれる兄弟石はいなかったのだと。

おかしくなって、ラファルは喉《のど》の奥で笑い始める。

——この世界に、わたしは憎《にく》まれている。

笑い続けていると、シャルが力を増して、ラファルの体を背後に押してくる。

「認めて、従うか？　ラファル」

認めるわけにはいかなかった。

卑《いや》しくて残酷な、人間という生き物を、ラファルは生きている限り許せない。その人間と馴《な》れ合うことなど、たとえ真の妖精王であるエリルの決断であろうとも、自分が認めるわけにはいかない。

だが、真の妖精王はエリルだ。

今のエリルは、なんと美しいのだろうと心が震《ふる》える。決然と顔をあげ、冷酷《れいこく》にも見えるほどに澄《す》んだ瞳《ひとみ》で、自分を見おろしている。その完璧《かんぺき》な姿と、威厳に満ちた声と瞳は、まさしく真の妖精王だ。ラファルが待ち望んだ、真の妖精王の姿がそこにある。

エリルは真の妖精王だ。だからその命令に、従う必要はある。

真の妖精王が選ぶ道は、正しいこともあれば間違《まちが》っていることもあるだろう。

だが震えるほどにその存在を愛《め》でた、エリルという妖精王が命じるのであれば、従ってやるのみだ。

——エリル。真の妖精王。

ラファルの心は震える。その震えの正体は哀しみなのか、歓喜《かんき》なのか、よくわからない。

「……わたしは、人と馴れ合うことを認めない。永遠に、認めない。だが従う。妖精王に」

シャルを押し返そうとしていた力をいきなり抜《ぬ》くと、渾身《こんしん》の力で迫っていたシャルは、勢い余ってラファルのほうへつんのめった。

そこでラファルは握《にぎ》っていた剣《けん》を放すと、両腕《りょううで》でしっかりとシャルを縛《いまし》めた。

いきなり力を抜かれたために、シャルはラファルのほうへつんのめって、ラファルと体がぶつかった。するとラファルが、シャルを放すまいとするかのように両腕で強く縛めてくる。

その瞬間、シャルはふと笑った。

──手間が省けた。

このままでは、勝てないことがわかっていた。追い詰《つ》められたラファルが、けしてシャルを放すことがないのもわかっていた。

唯一《ゆいいつ》ラファルを滅《ほろ》ぼす方法があるとするならば、それは力で押し切って、ラファルを断崖の激流に突き落とすしかない。しかしそうなった時は、シャルも道連れだ。それを覚悟《かくご》していた。

エリルが震える声で、王として命じたあの瞬間、彼の意図が理解出来たからだ。

エリルは、暗に告げていたのだ。

命を懸《か》けてでも、この場はラファルを逃《に》がしてはならない。だから共に滅びるとしても、ためらわず、共に滅びろと。

残酷《ざんこく》な言葉を口にできるほど、エリルはまだ王として完成していないらしい。だが彼の決断は、この場では最も正しい。

荒《あ》れ狂《くる》う妖精王を、一人の妖精王が命をとして滅ぼした。

その姿を人間たちは目の当《ま》たりにする。

そしてアンの手には最初の銀砂糖があり、生き残った最後の妖精王は、アンが預かっている最初の銀砂糖を人間王に手渡《てわた》し、妖精王が人間と歩む思いに嘘偽《うそいつわ》りがないと誓《ちか》える。

全《すべ》てが、シャルの望みどおりなのだ。

全てが、妖精たちが願っている未来へ続くために、完璧な道になる。

――アン。

遠くからこちらを見守っているはずの恋人《こいびと》を残していくのだけが、心残りだ。

だがいつか二人は死に分かたれる運命で、その時と順番が違《ちが》っていただけ。それよりも彼女の生き甲斐《がい》である砂糖菓子《がし》が、この地上に残ってくれることのほうが、意義は大きい。

――アンと職人たちの作った砂糖菓子が、こんなかたちで幸福を招いたか？

ラファルがシャルを強く縛めつつ、背後に向かって体重をかけようとする気配を察して、シャルはラファルのほうへ身を預けるようにした。

互いの呼吸の音が聞こえた。

「わたしは世界に憎まれている。わたしに寄り添《そ》う者はいない、誰《だれ》一人」

ラファルが、ひどく穏《おだ》やかな声で呟《つぶや》いたのが聞こえた。シャルは、苦笑《くしょう》した。

「おまえに寄り添う者は、いない。だが、一緒《いっしょ》に死んでやる」

出会う人間が違っていれば、シャルもラファルと同様になったのかもしれない。その点でいけばシャルは幸運だったし、ラファルは不運だった。しかしそれこそが、ラファルに与《あた》えられた役目だったのかもしれない。彼は世界に憎まれる役回りの王だ。

そしてシャルはどうだったのだろうか。

──俺は、人に恋《こい》する王か。

そしてエリルは、もしかすると、人に愛される王になるかもしれない。純粋《じゅんすい》で美しく、汚《けが》れない妖精王を、人間たちが愛してくれることを祈《いの》った。

──砂糖菓子を、見たかった。あいつがおそらく、俺の言葉に従って、全身全霊《ぜんれい》をかけて作った砂糖菓子はどれほど美しかったか。その砂糖菓子が招く幸運が、これか？

ふと、不思議に思った。

──砂糖菓子が、あいつの望む幸運を運ぶならば、俺は？

冷たく吹《ふ》きあげてくる川風の中に、シャルは、ラファルと共に身を投げ出した。

シャルとラファルが共に断崖《だんがい》の下へ落ちた瞬間、息が止まった。

「シャル！」

短い悲鳴が上がったが、それ以上、どうにもできなかった。

──嘘《うそ》。嘘。

二人の体が激流に落ち、水しぶきを上げて濁流《だくりゅう》に呑《の》まれる様を目の当たりにしていると、足が震えた。息が苦しい。動けない。

──嘘。嘘。嘘だ。嘘。

かなりの長い時間、誰も動けなくなっていた。誰もが驚《おどろ》き、次に自分たちが何をどうするべきか、すぐには思い浮《う》かばなかった。

アンもがたがたと震えながら、指一本動かすことができない。

エドモンド二世も呆然《ぼうぜん》と、激流を見つめていた。

それは街道《かいどう》の北側にいた妖精たちも同様らしく、ただ立ちすくんでいるばかりだ。

事の顛末《てんまつ》を目撃《もくげき》していない、王国軍の最後尾《さいこうび》辺りが、何も動きがなく、指示もないことに苛《いら》立《だ》ち、ようやく声をあげ始める。その声に最初に気がついたのはコレット公爵《こうしゃく》で、彼はその声で我に返ったらしくアンに視線を向けた。

「ハルフォード」

コレット公爵が静かに口を開く。

「ハルフォード、こちらに最初の銀砂糖を渡《わた》しなさい」

アンは何も考えられなかった。ただぼんやりと、自分に課された義務感だけが、口をついて出た。

「いえ……。いいえ。渡せません……。これは妖精たちのもので……妖精王の許しなく……渡せないもので……」

「妖精王は死にました」

「いえ……。いいえ」

アンは必死に、否定した。

「下流に人をやってください。きっと、妖精王は流れを泳いで」

「ハルフォード。この流れの中に落ちて、助かった者はいません、人間であれ妖精であれ」

「いいえ、妖精王は約束しました。きっと……」

その時。

「アン」

コレット公爵やエドモンド二世たちの背後から、澄んだ声が呼んだ。

人間たちが驚きふり返るのと同時に、彼らの馬の脇《わき》をするりと気負いなく抜けて、エリルがアンのほうへ歩み出てきた。彼の姿に、人間たちは硬直《こうちょく》したようだったが、彼は意に介《かい》さずに真っ直《す》ぐにアンのもとへ向かって来る。

「アン。ありがとう。でも、ごめんね」

エリルの頰《ほお》には、涙《なみだ》の跡《あと》があった。銀の瞳《ひとみ》が潤《うる》んでいる。

「エリル……」

「ありがとう。それをどうするのかは、僕が決めるよ」

そっとエリルの手がアンの肩《かた》に触《ふ》れる。それから彼は、いきなりアンを引き寄せて、ぎゅっと抱《だ》きしめた。自分から抱き寄せているのに、まるですがりつくような抱きしめ方だった。

そして暫《しばら》くするとわずかに身を離し、アンの手にある最初の銀砂糖の袋《ふくろ》を、自分の手に取った。

「……エリル」

エリルは片腕《かたうで》だけで、アンを抱き寄せる。

妖精《ようせい》王の腕に抱《だ》かれ、アンの心はようやく現実を受け入れた。

妖精王は、今この瞬間、彼だけだ。アンの恋人であった黒の妖精王は、消えた。

涙が出てきた。次々に出てきて、止まらなくなった。

エリルはそのアンを抱いたまま、静かに、人間王に向かって、最初の銀砂糖を片手に持ってそれを真っ直ぐ差し出した。

「僕も、妖精王です。そして今では、ただ一人の妖精王です。人間王。これは妖精が守ってきたものですが、さしあげます。そして妖精王は、人間と共に生きていきたいのだと、けして戦いたくはないのだと、誓います。あなた方にさしあげるものと、今あなた方の目の前でお見せしたもので、黒の妖精王が望んだ誓約《せいやく》は、成立しますか？」

コレット公爵が、戸惑《とまど》ったように眉《まゆ》をひそめる。

事の顚末をうやむやにしようとしても、たくさんの人間が目撃してしまっている。

事実を歪《ゆが》めることはほとんど不可能で、その事実は、人間に害をなす妖精王を、もう一人の妖精王が命をとして滅《ほろ》ぼしたということ。

コレット公爵は、人間に有利な方策を考えようとしているのだろうが、すぐには思いつけないらしく唇《くちびる》を引き結ぶ。

するとエドモンド二世が突然《とつぜん》、馬から下りた。

慌《あわ》てたようにコレット公爵とヘイグ伯爵《はくしゃく》も馬から下り、近衛《このえ》の騎兵《きへい》も馬から下りて、王の周囲を固める。しかし国王は無用だと言いたげに手を振《ふ》って彼らを下がらせ、ゆっくりとエリルに近づいた。

「はじめてお目にかかる。エドモンド二世です」

「はじめまして。エリル・フェン・エリルです」

すこし緊張《きんちょう》した声で、しかし素直《すなお》に名乗った妖精王に、人間王は軽く頷《うなず》いてみせた。

「黒の妖精王が望んだ誓約は、成立しました。この瞬間《しゅんかん》、わたしはそれを、名誉《めいよ》と命にかけて保証しましょう」

エドモンド二世が手を伸《の》ばし、銀砂糖の革袋《かわぶくろ》をエリルの手から受け取ると、エリルは表情を和《やわ》らげる。そして、

「ありがとう。人間王」

微笑《びしょう》した。痛みを堪《こら》えるような必死の表情だったが、目は真っ直ぐに、人間王を見つめていた。

エリルの腕の中で泣きじゃくりながら、アンは、ここにいない恋人《こいびと》に向かって心の中で問いかけ続けていた。

──すべてが終わったら、一緒にいるって約束したよね。シャル。約束したよね。だから、帰ってくるよね？　嘘つきに、ならないよね。嘘つきにならないで、シャル。シャル。

ほとんどなにも考えられず、自分の心の中の渦《うず》に呑みこまれそうだった。

「ハルフォード」

静かに、いたわるように、エドモンド二世が呼びかけてきた。耳に聞こえてはいたが、それに反応出来ずにいると、

「ハルフォード」

辛抱強《しんぼうづよ》く、国王は再び呼びかけてくれた。

そこでアンはやっと、エリルの腕の中から顔をあげられた。だがそれが精一杯《せいいっぱい》で、国王陛下の御前《ごぜん》であっても、跪《ひざまず》くこともできない。しかし国王はそんなアンの様子を咎《とが》めるそぶりはなく、そっと半歩、彼女を怯《おび》えさせまいとするかのように、臆病《おくびょう》なほど静かに近づく。

「余はこれを、妖精王に返さねばならぬ。あの方から預かっていた」

そしてエドモンド二世が懐《ふところ》を探《さぐ》り、掌《てのひら》に載《の》せてアンに向けて差し出したのは、小さな革袋だ。妖精の羽をいれるために使われる袋で、そこにはシャルが、エドモンド二世に預けていた羽が入っているのだろう。

「そなたに、返す」

エリルにすがりつきながらも、アンは片一方の手だけを伸ばして革袋を摑《つか》んだ。それを引き寄せると、急いで中身を取り出した。

中には絹のように滑《なめ》らかな手触《てざわ》りの、半透明《はんとうめい》の、まるで虹《にじ》を織ったかのような美しい羽がある。

「羽が……ある。シャルは、無事なの？」

期待を込めてエリルを見あげると、彼は目を伏《ふ》せて首を振った。

「わからない。妖精が消えても、取られていた羽は残ることがあると思う。でも妖精が消えてしまっていたら、その羽も時間がたつと……消えちゃうけれど」

アンは、美しい羽を胸の中に抱き込んだ。

——それならまだ、シャルが消えてしまったと決まったわけじゃない。

妖精から引き離《はな》された、妖精の命。それは妖精の背にある時と違《ちが》い、ひんやりと冷たいが、確かな存在感でアンの手の中にある。

——この羽が消えてしまわない限り。

アンは唇を噛《か》んだ。震《ふる》えながら、心に誓《ちか》う。

——わたしは諦《あきら》めない。シャルを待つ。

草原を秋風が渡り、薄《うす》く晴れた秋空に巻き上がっていく。太陽も空も、いつもと変わらず、穏《おだ》やかで明るい。

この日。黒の妖精王が望んだ誓約は成立し、砂糖菓子《がし》は、地上から消えることなく残った。

あれから一年。今年も砂糖林檎《りんご》の赤く愛らしい実は、王国全土でたわわに実った。

「うぉおおおっ！　見ろ見ろ！　アン！　俺様はやっぱり天才だ！」

ルイストンにほど近い、砂糖林檎の林のほとりに、小さな煉瓦《れんが》造りの家が一軒《いっけん》建っている。

その家はアンが半年ほど前に、貯《た》めていたお金をはたいて建てた家だ。

砂糖林檎の赤い実を籠《かご》いっぱいに収穫《しゅうかく》していたアンは、大声を上げているミスリルのほうへ目を向ける。ミスリルは家の脇《わき》で、収穫を終えたばかりの砂糖林檎をまな板の上に並べ、それをナイフで切り刻んでは、狂喜乱舞《きょうきらんぶ》している。

「こっちは、赤色。こっちは、黄色だ！」

ミスリルは昨年の冬から、この砂糖林檎の林で、色の砂糖林檎を作る実験を始めたのだ。やっと収穫時期になり、その砂糖林檎を切ってみて、そこに彼の望む色を発見したらしい。

「すごいね」

アンは微笑《ほほえ》みながらミスリルに近づき、砂糖林檎を入れた籠を地面に置くと、額の汗《あせ》をぬぐう。腰《こし》を伸《の》ばして、周囲の景色に目をやる。

銀灰色《ぎんかいいろ》の枝を差しのばした、背丈《せたけ》の低い砂糖林檎の林の向こうには、なだらかな丘《おか》がある。

その丘には、見慣れたホリーリーフ城が立っていた。

その城でアンと一緒《いっしょ》に修業《しゅぎょう》していた妖精《ようせい》たちは、昨年末に、さらに修業をするために、それぞれ各派閥《はばつ》の工房《こうぼう》へ散らばっていた。

だが、また新しい銀砂糖妖精見習いたちがやってきたと、キースから聞いていた。

キースは引き続き、そこで妖精たちを指導し、まとめる役目を仰《おお》せつかっているらしい。

妖精王との誓約《せいやく》が成立し、最初の銀砂糖がもたらされたおかげで、昨年の銀砂糖はなんとか精製出来た。一人残った妖精王エリルは、けして人間と戦わないことを約束し、そして妖精たちを下手に混乱させないためにと、姿を消すことを人間王と約束した。

エリルはアンにだけはそっと、銀砂糖妖精筆頭のところへ行くつもりだ、と教えてくれた。

三人の妖精王が存在したが、二人の妖精王は互《たが》いに戦い果てた。残った一人の妖精王は、人間王と盟約を結んだ。そんな噂話《うわさばなし》が世間には流れた。

ほぼ事実だったが、このことについて、王国は否定も肯定《こうてい》もしなかった。

否定しようにも、戦《いくさ》見物をしていた大勢の口から、事実として伝わるものをどうしようもなかったのだろう。国が肯定しなくとも、否定しないのだから、それは事実だ。民衆はそんなふうに感じていた。

妖精たちがそれをどんな気持ちで聞いたのか。

そしてなにも知らない人間たちは、なにを思ったのか。

ただ妖精市場で妖精を買う客が、めっきり減ったらしい。妖精王の存在を恐《おそ》れる心理が、人間たちを、そんなふうに動かしているのかもしれない。

「アン、アン!」

ぼんやりとしていると、南のルイストン側の街道《かいどう》のほうから呼ぶ声がした。二台の馬車がこちらに近づいてきている。先頭の馬車は平凡《へいぼん》な荷馬車で、御者台《ぎょしゃだい》で馬を操《あやつ》っているのは、エリオット・ペイジだった。

「コリンズさん?」

目を丸くする。

ペイジ工房の長《おさ》代理の彼が、砂糖林檎の収穫時期に、工房を離《はな》れているのが信じられなかった。御者台の、エリオットの隣《となり》に座って手を振《ふ》っているのは、キースだ。アンを呼んだのは彼だったようだが、彼には珍《めずら》しく、はしゃいだような満面の笑《え》みだ。

「アン!」

そして彼らの馬車の背後からついてくるのは、黒塗《くろぬ》りの重量感がある馬車だ。扉《とびら》には銀砂糖子爵《ししゃく》の紋章《もんしょう》が描《か》かれており、御者台に座って馬車を操っているのは褐色《かっしょく》の肌《はだ》の異国の青年サリムだ。

「どうしたんですか、コリンズさん」

馬車が庭に入ってくると、アンはミスリルと共に馬車のそばに駆《か》けつけた。馬車を止めると、エリオットは垂れ目の目尻《めじり》を一層さげて、嬉《うれ》しそうに御者台を下りる。

「いやねぇ、そこの妖精君がいいもの作ったって、キースからの手紙で知ってねぇ。これはちゃんと見ておけば役に立つかと思ってさ」

「俺様の色の砂糖林檎か!?」

目を輝《かがや》かせ、ミスリルがぴょんとエリオットの肩《かた》に飛び乗る。

「そうそう。君の作ったものを見せてもらって、できが良ければさ、その方法を教えてもらえるじゃない？　王家の砂糖林檎の林では実践《じっせん》されてるみたいだけど、キースの見立てでは、そこでやられてるよりも発色がいいかもってさ」

「本当か!?」

興奮して顔を真っ赤にするミスリルに向かって、キースが頷《うなず》く。

「うん。この前来たときに見せてもらって、そう感じたんだ。だから僕一人じゃなくて、何人かの職人に見てもらったほうがいいと思って」

いつもながらの柔《やわ》らかな笑みで、彼はちらりと、背後に迫《せま》ってきた銀砂糖子爵の馬車を見やる。銀砂糖子爵の馬車も庭に入ったところで停車し、すぐに、平服の茶の上衣《うわぎ》を身につけたヒューと、そしてなんとなく不機嫌《ふきげん》そうな顔のキャットが下りてくる。

「邪魔《じゃま》するぞ、アン。用件は、キースから聞いたか？」

「はい！」

ミスリルにつられて、アンも嬉しくなって元気よく頷く。

「そこのチビが、そんなたいしたもの作りやがったのか？」

キャットは頭の上に、ぐうぐう居眠《いねむ》りしているベンジャミンを乗っけていた。それが微妙《びみょう》に重いのか、不機嫌そうな顔で、さらに胡散臭《うさんくさ》そうな声で訊《き》いてくる。

ミスリルは、むははははっと腰に手を当て、高笑いした。

「それじゃ、俺様の成果を、とくとその目で見ろ！　凡人《ぼんじん》どもめ！」

「ミスリル・リッド・ポッド……それはちょっと、失礼……」

引きつるアンなど意に介《かい》さずに、ミスリルは先に立って歩き出す。

ミスリルに引き連れられて家のほうに向かって行く彼らを追って、アンもきびすを返そうとした。その時。

——アン。

声が聞こえた気がして、急いで周囲を見回した。しかしゆるやかな風が吹《ふ》き、砂糖林檎《りんご》の枝が擦《こす》れ合った音が、からからと響《ひび》くだけだった。

「空耳……」

良くないな、と思う。この一年、頻繁《ひんぱん》にそんな声を聞いてしまう。

一年前のあの日の直後から、アンはシャルの姿を探し歩いた。

けれど結局なにも見つけられず、キース やヒュー、キャットに説得され、探し歩くのを止《や》めた。

そのかわりにこの家を造った。

この家からは、ギルム州とハリントン州を南北でつなぐ街道が見える。もしシャルが帰ってくるとするならば、ルイストンに近づいたときに、一番に発見出来る。色の妖精になるために修業したいと言い出したミスリルのための砂糖林檎の林もあるし、ぴったりだった。

アンはそっと、首からかけている革袋《かわぶくろ》を引っ張り出して、口を開き中身を確認《かくにん》した。

――まだ、消えてないな。

そこにはシャルの羽があるのを確認して、ほっとする。

初めて彼と出会ったときのように、彼の羽はアンの手の中にある。

けれどシャルがいない。

妖精の羽は、妖精の命と等しいもの。けれど体から離れてもそこにあり続ける。羽の持ち主である妖精が死んで消えてしまった場合、その羽は即座《そくざ》に光の粒《つぶ》になって消えるときもあるし、また数週経《た》ってから、長いときには数年経って、消えてしまうこともあるらしい。

――羽があるということは、まだ望みがあるということ。

シャルが姿を消して、一年が過ぎてしまった。

けれど気持ちを奮い立たせ、アンはミスリルたちを追いかけた。

四人の来客は、ミスリルの作った色の砂糖林檎を検分し、砂糖林檎の林を見て回り、砂糖林檎に与《あた》えた色水の作り方などを詳《くわ》しく知りたがった。そうしているとすっかりと日が暮れてしまったので、みんなに注目されて気をよくしたミスリルは、全員に泊《と》まって行けと言い出した。

「さすがに、それは……ベッドもないだろう？」

キースが遠慮《えんりょ》すると、ミスリルはじだんだを踏《ふ》んで怒《おこ》り出した。

「キース、おまえ寝《ね》る気なのか⁉　徹夜《てつや》で俺様の話を聞こうって心意気はないのか⁉」

「徹夜⁉」

おののいたらしいキースとは逆に、むうっと腕組《うでぐ》みして事の成り行きを見ていたキャットが、いきなりくるりとアンをふり返った。

「こいつの話を聞く。おい、チンチクリン、今夜は徹夜だ。邪魔するぞ。飯は、ベンジャミンと一緒《いっしょ》に作ってくれ」

と勝手に決めると、自分の頭の上で眠《ねむ》っているベンジャミンのベルトを摑《つか》み、ひょいとアンの前に差し出した。目を丸くしていると、ベンジャミンはふわふわと目を開け、

「あれぇ～、アン。久しぶりぃ。元気だったぁ？」

と、今更《いまさら》ながらの挨拶《あいさつ》をした。

「そうと決まったら、俺様の独演会だ！」

「詳細《しょうさい》を残らず、教えろよ」

「おう、任せとけ！」

はしゃぐミスリルと、好奇心《こうきしん》と探求心で身勝手な決定をしたキャットを、ヒューとエリオット、キース、そしてサリムは諦《あきら》めたように眺《なが》めていた。ベンジャミンだけは、にこにこ笑顔で、

「わぁ、久しぶりに、たくさんお料理作れるねぇ〜。嬉しいなぁ、僕」

と言うと、キャットの手を離れ、アンの肩に飛び移ってきた。

「今夜は賑《にぎ》やかになるねぇ、アン」

言われて、アンも微笑《びしょう》を返した。

「うん。お手伝いお願いね、ベンジャミン」

その夜は、久しぶりに賑やかな夜になった。

ワインが振る舞《ま》われ、ベンジャミンとアンが作った料理が、テーブルに並んだ。ジャガイモとタマネギ、にんじんを香草《こうそう》とバターで炒《いた》めたもの。焼いたベーコン。燻製《くんせい》にした魚。山羊《やぎ》のミルクに、新鮮《しんせん》な秋の果物。材料は豊富でなかったが、ベンジャミンがあれこれと工夫《くふう》してくれたおかげで、見栄《みば》えも味も充分《じゅうぶん》な夕食だった。

「そういえば、コレット公爵《こうしゃく》は大陸に向けて出発したらしいぞ」

夕食の席で、ヒューが嬉しそうに報告した。

「早かったですね」

キースが驚《おどろ》いたように問うと、ヒューは頷く。

「嫌気《いやけ》が差したんだろうな。あんな切れ者が、結局思い通りに振る舞えないんだ。マルグリット王妃《おうひ》様の態度は、見物だったがな。陛下の隣で報告を聞いていたんだが、あの方は『それがコレットにとっても、良い道でしょう』と、澄《す》まして言ったぞ」

一年前のあの騒動《そうどう》で、コレット公爵に連行されそうになったアンだったが、結局、お咎《とが》めなしになった。ヒューの反抗《はんこう》的な態度にしても、問題にされなかった。

それというのもあの事件直後に、宰相《さいしょう》のコレット公爵が自ら職を辞して、身分を捨てて大陸に渡《わた》ると言い出したからだ。

コレット公爵は、国の安定は望んでも、王の存在には意義を見いだせない人間らしかった。しかし王国にいるかぎりは王の存在を無視することができないと痛感した彼は、王の存在しない国を求めて大陸に行くのだという。

大陸には、王が存在せず、王国でいえば家臣にあたる官僚《かんりょう》というものが、民《たみ》の総意と見せかけて政治を操《あやつ》る国があるらしい。そんな国に行けば、彼は思う存分力を発揮するだろう。

そしてそのために、コレット公爵は国を去った。

身分と国を捨ててまで、自らの力を振《ふ》るいたいと欲《ほっ》する情熱は、けして悪くないもののはず。ただ立場が違《ちが》ってしまえば、その情熱と衝突《しょうとつ》し、敵対する羽目になる。

「王妃様って、美人だよねぇ」

エリオットがへらっと笑うと、キャットが嫌《いや》な顔をして睨《にら》みつける。

「てめぇは、しょっちゅう発情してるような発言はやめろ。品がねぇ。長《おさ》代理のくせしやがって」

「これが健全な成人男子だよ。女に興味ないって顔してるおまえこそ、心の底で何考えてるかわかんないから不健康きわまりないよ」

「俺はなんにも考えちゃねぇ！」

喚《わめ》きあう二人の隣《となり》で、黙々《もくもく》と食事していたサリムは、迷惑《めいわく》そうに眉《まゆ》をひそめる。それに気がついたらしいベンジャミンがサリムを覗《のぞ》きこみ、

「あれれぇ～、もしかして嫌な顔したぁ？」

と、問うと、サリムはわずかに頷《うなず》く。

「食事中に喚きあう二人とも、品がない」

突《つ》き刺《さ》さるような的確な評価に、キャットとエリオット、ともにしゅんと静かになった。

「王妃様は」

アンはヒューの方に身を乗り出した。

「王妃様は、まだ繭《まゆ》の塔《とう》に行かれるの？」

「ああ、行っているな」

何気ない調子で答えると、ヒューはワインのコップに口をつけたが、その何気なさに、わざとらしさを感じる。

ヒューも少なからず、マルグリット王妃の様子には心を痛めているのだろう。

人間王と妖精王《ようせい》の誓約《せいやく》が聖ルイストンベル教会に納められ、エリルが姿を消し、銀砂糖の精製が全土で開始された後のことだった。アンは、事の顚末《てんまつ》を報告する必要がある人のことを思い出し、わざわざ許可をもらって、彼女の住処《すみか》である繭の塔まで出かけたのだ。

だがそこに、ルル・リーフ・リーンの姿はなかった。

繭の塔の彼女の部屋にいたのは、王妃マルグリットだけだった。彼女は窓際《まどぎわ》に座り、ぼんやりと外の景色を眺めていた。

「王妃様。あの、……ルルは」

遠慮がちに問うと、マルグリットは軽く首を振った。

「三日ほど前から、どこかへ出かけてしまったようです。わたくしが三日前の朝に来たときには、姿が見えませんでした。そもそも彼女は自由の身ですから、どこへでも行けるのです。気まぐれに旅に出たのかもしれません」

そう言ったマルグリットの膝《ひざ》の上には、ルルが普段《ふだん》身につけていたドレスが乗せられていた。まるで形見のように、マルグリットはそれを撫《な》で続けている。

ルルはその衣服だけを置いて、消えてしまったのだろう。その意味をアンも、おそらくマルグリットもわかっている。

「では、ルルが帰ってきたらお伝えください。世界は変わるかもしれないって」

「ええ。わかりました」

頭をさげて、アンは繭の塔を辞した。

——王妃様は、あれから一年、まだルルを待ってあそこに座っているのかな？

ずきんと、胸が痛む。

——王妃様は、わかっているはずなのに。

キャットを相手に、色の砂糖林檎《りんご》について滔々《とうとう》と持論を語るミスリルに目を移し、アンはぼんやりと思う。

この場の明るさと賑やかさは、どこか白々しい。

みんな、シャルの不在を強く意識しているのに、あえて触《ふ》れまいと努力している。彼の話題に誰《だれ》も触れようとしないのは、誰もがもう、はっきりとわかっているからなのだろう。

あれから、一年が経《た》つ。

そしてシャルは帰ってこない、その意味。

——シャルはまだ、帰ってこない。

賑やかな声を聞きながら、アンの心はどこか別の場所を彷徨《さまよ》っているかのように、目の前の景色が遠い。

夜が更《ふ》け、ミスリルは宣言どおり眠る気配はなく、全員がなんとなく、だらだらと起きつづけていた。そして窓の外が白み始めたとき、

——アン。

再び、呼ばれた気がして我に返った。

はっと窓の外に目をやるが、いつもと変わらない薄紫《うすむらさき》の朝焼けが、砂糖林檎の林を覆《おお》っている。誰もいない。わずかな風に、砂糖林檎の枝が揺《ゆ》れているだけ。

幾度《いくど》も、幾度も、幻《まぼろし》の声を聞いている。こんなふうにはっとしてふり返ることが、この一年で何度あっただろうか。

明け行く空の美しさと、徹夜《てつや》で妙《みょう》に冴《さ》えてしまった頭のせいで、アンは卒然と悟《さと》る。

——こんなふうに何度もふり返ってしまう。わたしも、窓の外を眺《なが》め続けている、マルグリット王妃様と同じだ。

アンは今年十八歳になった。もう子供ではなかった。マルグリットと同じように、心の底ではよくわかっている。

いたたまれなくなり、立ちあがった。いきなり立ちあがったので、全員の視線が集中した。

「どうしたの?」

気遣《きづか》わしげなキースに、アンは笑《え》みを返す。

「ちょっと、思い出したの。収穫《しゅうかく》用の籠《かご》を砂糖林檎の林に放《ほう》りっぱなしにしてあったから、取りに行ってくる。朝露《あさつゆ》で濡《ぬ》れちゃう」

言うと、戸口を出た。

徐々《じょじょ》に足を速め、すぐに駆け足になり、砂糖林檎の林の中に入った。しばらく駆けていたが、朝の冷たい空気が肺の中いっぱいに入ってくると、もう我慢《がまん》ができなくなって立ち止まった。顔を伏せ、拳《こぶし》を握《にぎ》る。

ぽたぽたと、つま先の地面に涙《なみだ》がこぼれた。

「アン。どうした？」

おそるおそる、背後からミスリルの声が近づいてきた。アンの様子を心配して、追って来てくれたのだろう。

ぽたぽたと地面に落ち続ける涙に気がついたのか、ミスリルはアンの背後で立ち止まったらしく、しばらく沈黙《ちんもく》した。しかしすぐに、明るい声を出す。

「なんだよ、アン。俺様の色の妖精としての華々《はなばな》しいパーティーのお開きに、涙か？　もしかして、俺様の姿が立派すぎて、感動して泣いてんのか？　そうかそうか、そりゃ嬉《うれ》しいだろう、アン。おまえは今年、俺様の作った砂糖林檎で砂糖菓子《がし》を作れるんだからな」

「うん。……作れる」

ようやく、それだけ言葉が返せた。しかし涙は止まらない。

「そうだぞ、作るんだぞ。なんの砂糖菓子を作る!?」

声を弾《はず》ませたミスリルに向かって、アンはぽつりと告げた。

「……昇魂日《ブル・ソウル・デイ》の砂糖菓子」

ミスリルはぎくっとしたように、口をつぐむ。

「去年は、作れなかった。作る気になれなかった。けれど今年は、作らないと……。シャルのために、砂糖菓子を作らないと」

自分のつま先に落ちる涙を見つめながら、突然《とつぜん》、堰《せき》を切ったように言葉があふれてきた。

「わたしだって、わかってる。シャルはもう帰ってこない。ルルと同じように、消えてしまったのだって。ここにある羽だって」

そう言って、胸を両手で押さえた。

「いつもいつも確認《かくにん》して、消えてないってほっとする。でももう、消えちゃうのも時間の問題だって、わかってるからほっとするのよ。だったらわたしは、シャルのために砂糖菓子を作らなくちゃならないの」

両手で、顔を覆った。

「もっとはやく、シャルを好きだって伝えれば良かった。シャルと、もっとキスすれば良かった。わたしからも、キスすれば良かった。そしたらもっと、もっと、たくさん思い出があったのに」

「アン、泣くなよ。アン。おまえに泣かれたら、俺様はどうしたらいいのか、わかんなくなる」

アンの肩《かた》にぴょんと飛び乗り、頬《ほお》を撫でてくれる。

「泣くなよ、アン。泣くな」

「わたしから、キスすれば良かった。もっと、もっと」

風が吹《ふ》いた。砂糖林檎の枝が鳴る。

──アン。

また耳に、聞こえるはずのない声が聞こえる。優《やさ》しく、甘い声。

「アン」

ミスリルが、ぎょっとしたように顔をあげた。

「おい、おい……アン。アン」

震《ふる》え声で、ミスリルが激しくアンの頰を叩《たた》く。

「あれを、見ろ」

首を振《ふ》った。

今はなにも、見たくない。

美しい朝焼けも、素晴《すば》らしく大きな虹《にじ》も、舞《ま》い立つ鳥の群れも見たくない。

今見たいのは、ただ一人の姿だ。

「シャル・フェン・シャルが、こっちに来る」

その言葉に、アンは覆った掌《てのひら》の下で目を開く。

──来る？　シャルが？

手で覆っていた顔をあげて、ふり返った。

細く頼《たよ》りない幹と、銀灰色《ぎんかい》の枝を広げる、砂糖林檎の木。緑に茂《しげ》った葉のあちこちには、真っ赤な、幸福を運ぶ砂糖林檎の実が実っている。

朝霧《あさぎり》の流れる砂糖林檎の林の中に踏《ふ》みこんで、こちらにやってくるのは、黒い髪《かみ》と黒い瞳《ひとみ》の妖精《ようせい》。背にある片羽は、落ち着いた薄緑《うすみどり》で、銀の粉をまぶしたように輝《かがや》いている。深い黒の瞳が、微笑《ほほえ》みをたたえている。

「……シャル？」

幻を見ているのだろうと思った。けれど幻であろうとも、捕《つか》まえて、二度と離《はな》したくなかった。駆けだして、その幻に飛びつくようにして首に抱《だ》きついた。

「シャル！　行かないで！　どこへも、行かないで！　消えないで！」

「今、来たばかりだ。早速《さっそく》、どこかへ行くつもりはない」

皮肉そうな、からかうような優しい声が返ってくると、アンの背中は強く抱《だ》きしめられる。強い腕《うで》の感触《かんしょく》に、アンはやっと、彼が幻でないと確信した。

「シャル、シャル、シャル！」

かじりついた首もとに頭をすりつけるようにして、ありったけの声で呼んだ。

「シャル！　どうして、どうして、すぐに帰ってきてくれなかったの!?」

「俺にもわからない……。気がついたら、見知らぬ場所にいた。すぐには自分の名前も思い出せずに、彷徨った。だが秋になって砂糖林檎《りんご》の香《かお》りをかいだときに、思い出した。おまえを」

声を聞きつけたらしく、家の中からキースにエリオット、キャットとベンジャミン、ヒュー

となる。

とサリムが顔を出す。戸口に出てきた彼らは、シャルの後ろ姿を遠目で確認したらしく、唖然《あぜん》

「待ってたの！　ずっと！　でももう、駄目《だめ》かもって」

「おまえは自分の仕事を信じなかったのか？」

涙に濡れた顔をあげると、シャルが微笑んだ。

「あり得ない幸運が、俺にもやってくると。俺はラファルとともに死を覚悟《かくご》した瞬間《しゅんかん》に、感じた。おまえの作った砂糖菓子が、きっと、どんな形でか、俺にも幸運をもたらすと。なぜならおまえが、それを望んでいるはずだから。だから俺はあの瞬間に、信じた」

さっきとは別の涙が、熱く頰を流れる。その涙をシャルの唇《くちびる》がそっと辿《たど》ってくれた。

アンはシャルの首に回した腕に力をこめて、シャルを自分に引き寄せ、唇を重ねた。

はじめて、自分から口づけた。

シャルが驚《おどろ》いたような顔をして、肩に乗っていたミスリルは、「きゃっ」と照れたような悲鳴をあげて顔を覆《おお》ったが、指の隙間《すきま》からしっかりと見ていた。

しばらく唇を重ねていると、シャルは唇を重ねたまま、ふっと笑うと強くアンを引き寄せ、今度は自分からさらに深く口づけた。

喜びと、幸福感と、愛《いと》しさと。自分の中にある感情が、ありったけ、暖かく明るい光を放ち、体を満たす。指先も、爪先《つまさき》も、唇も、全《すべ》てが満たされる。

――シャルが、好き。

愛しさがあふれて、体が破裂《はれつ》しそうだ。

――好き。

幸福を運ぶ赤い実は、今年も変わらず、実っている。

人間と妖精の共存を望んだ黒の妖精王は、その礎《いしずえ》となるために死んだ。

だがじつは、その命を長らえ、この王国のどこかでひっそりと生きているのだと、まことしやかに噂《うわさ》が流れた。

黒の妖精王が生きているのであれば、同じく赤の妖精王も生きているのではないかと、人々は怯《おび》えた。

人間の非道な振る舞いに荒《あ》れ狂《くる》った赤の妖精王もまた、この王国を彷徨《さまよ》っているのだとするならば、妖精たちに非道な扱《あつか》いをした人間のもとへ現れるかもしれない。

しかも真の妖精王だと名乗る銀の妖精王は、国王と誓約《せいやく》を交《か》わして何処《どこ》かへと姿を消したのだ。彼が生きていることは確実だった。もし彼が、赤の妖精王のように、人間の非道な振る舞いに怒《いか》り狂ってしまえば、それは再び王国に混乱を招く。

しかも彼は国王と誓約を交わしたのだ。

国王は妖精の存在を認め、人間と同じくハイランドの民《たみ》であると認めた。

仮に、妖精に対してあまりに非道な振る舞いをする人間がいて、銀の妖精王が怒《いか》れば、国王はその妖精の怒りを静めるのが得策と考え、非道な人間の方を罰《ばっ》する可能性が、ないとは言えない。

銀の妖精王は汚《けが》れなく純真で、国王にすらその存在を愛されているのだという噂もあった。赤の妖精王の、亡霊《ぼうれい》の呪《のろ》いのような噂。

そして確実に存在する、銀の妖精王の存在の重し。

その噂と重しのためか、妖精を買い求める人間は、数を減らしていった。

そして妖精商人たちがその商売が成立しないことを理由に、ギルドを解散するのは、この時より百五十年後の話だ。

口づける恋人《こいびと》同士の姿を、眩《まぶ》しそうに、すこし羨《うらや》ましそうに微笑みながら見つめているキース・パウエルは、この後数年間、銀砂糖妖精育成に力を注ぎ、その後、パウエル・ハルフォード工房《こうぼう》に多数の妖精たちを雇《やと》い入れて大規模な工房にする。

そして十五年後、銀砂糖子爵《ししゃく》となり、父親を超《こ》える在位期間を誇《ほこ》る銀砂糖子爵となる。

赤毛の髪の毛をくしゃくしゃと引っかき回しながら、目の前の光景が信じられないような顔をして見ているエリオット・ペイジは、三年後、グレン・ペイジの死とともにペイジ工房派長《おさ》となり、そして十年後、銀砂糖子爵を拝命する。

しかし彼は自らの立場は「あくまで工房の長」で、銀砂糖子爵は「次世代への場つなぎ」だと称《しょう》し、在位五年で、銀砂糖子爵地位を退き、キース・パウエルに銀砂糖子爵の地位を譲《ゆず》った。

頭の上に、緑の髪の小さな妖精を乗せ、キャットはぶすっとした顔をしている。なぜ早く帰ってこなかったのかと、文句を言いたくてうずうずしているような彼は、後に、マーキュリー、ペイジ、パウエルの三代にわたる銀砂糖子爵のよき相談相手として、砂糖菓子《がし》の歴史の中に語られる。

銀砂糖子爵ヒュー・マーキュリーは、ほっとした笑顔《えがお》で銀砂糖師と妖精王を見守っている。

その背後には、これも主《あるじ》と同じく、肩の荷が下りたような顔で、珍《めずら》しく微笑むサリムがいた。

ヒュー・マーキュリーは空前の規模で砂糖菓子を作製し、砂糖菓子の危機を救った銀砂糖子爵としてハイランド王国の歴史に名前を残すが、十年後病を得て急逝《きゅうせい》する。彼の護衛であった異国の青年は、死して後も主を守ろうとするかのように、墓守《はかもり》として国教会に仕えた。

空前の砂糖菓子を作製し、砂糖菓子の危機を救った陰《かげ》には、妖精王と愛し合った銀砂糖師の女性がいたと言い伝えられている。

その女性は、生きながらえた黒の妖精王と、友人の小さな妖精と三人で、砂糖林檎の林のそばに建てられた小さな家で、いつまでも幸せに暮らした。

その家には、妖精や砂糖菓子職人たちがなんとなく息抜《いきぬ》きのために、引きも切らずに訪《おとず》れたらしい。さらに彼女の作る砂糖菓子を求めて、様々な人が訪れたという。

だがその言い伝えが真実かどうかは、誰《だれ》も知らない。

確かにその時代、女性の銀砂糖師がいたらしいのだが、シルバーウェストル城の火災により、過去の銀砂糖師の名簿《めいぼ》が消失したために名前さえ明確には伝わっていない。

女性の銀砂糖師の名は、エマ、あるいはアンであるとだけ、言い伝えとして残っているのみ。

口づけを交わす銀砂糖師と妖精《ようせい》の足元に、いつの間にか、草の実を編み込んだ指輪が、出現していた。

――好き、大好き。シャル。

アンは夢中で口づけを交わしていた。シャルもそうに違《ちが》いなかった。彼の息づかいも、アンを抱きしめる腕の力も、まるで熱に浮《う》かされたように激しく、強い。

――大好き。

何度も何度も、口づけした。それでも離《はな》れられなかった。互《たが》いの存在を、しっかりと確かめようとするように。そのために二人は、自分たちの足元に、いつのまにか出現した草の実の指輪の存在に、まだ気がついていない。それは二人が永遠に互いを慈《いつく》しむ証《あかし》。

それを置いて行けと言った長生きの妖精が、嫉妬《しっと》に舌打ちしながらも、祝福してくれているのかもしれなかった。

人間と人間、妖精と妖精。同じ種族であっても、愛し合った二人が、全く同じ時間を生きられはしない。必ずどちらかが、どちらかを置いて去るときが来る。それを知っていても、誰もが怯えず愛をはぐくむ。それを教えてくれたのは、アンの王様である、小さな妖精だ。

ならば自分も、いつかの事に怯えず、愛を育てようとアンは決意した。

アンは、愛《いと》しいものしか作れない銀砂糖師だ。だから愛しさそのものである存在を、手放せない。それを手放したら、砂糖菓子が作れなくなる。だから彼女は決意し、そして作り続ける。

妖精と愛し合った銀砂糖師は、存在したのか。

真実だと言う者もいる。それは王国と妖精の関係がこの時期を境に変化し、また女性や妖精の砂糖菓子職人が増えたという、歴史的事実から推測出来る、と。

一方、ただのお伽噺《とぎばなし》だと言う者もいる。

それは砂糖林檎《りんご》を巡《めぐ》る、幸福なお伽噺《フェアリーテイル》なのだ、と。

おわり

あとがき

こんにちは。三川みりです。

とうとう「シュガーアップル・フェアリーテイル」が、今巻で終わりました。

「銀砂糖師と黒の妖精《ようせい》」の時、十五歳だったアンも、完結巻では十八歳になりました。女の子から、娘《むすめ》さんに成長したなぁと、しみじみ。

シャルは、とっても素直《すなお》になりました。

ミスリルは特に変わりませんが、アンへの恩返しを成し遂《と》げ、新たな目標も見つかりました。実は彼が、この物語の中で一番の大器ではないかと、こっそり思っていたりします。

その他の登場人物達も、変わったり変わらなかったり。登場人物が多い物語でしたが、それぞれの登場人物に、それぞれの思い出と思い入れがあります。

良い巡《めぐ》り合わせがあり、物語そのものとしても、書くことが出来たわたし自身も、幸せでした。幸福を呼ぶ砂糖菓子《がし》はフィクションですが、嘘《うそ》から出た実《まこと》でしょうか。そう思えるほどに、幸福な物語でした。奇跡《きせき》のようだとさえ、思います。

書き続けられたのは、読者の皆様《みなさま》があってこそです。これだけ皆様が読んでくれたのだと思うと、感謝の気持ちで一杯《いっぱい》になります。

皆様がいてくれたからこそ、アンたちの物語はきちんと完結出来ました。アンたちにつきあって頂き、本当に、本当に、ありがとうございました。

この物語を、すこしでも楽しんでもらえたのであれば、とても嬉《うれ》しいです。

アンたちの物語は、ここで終わります。ですが、あと一冊だけ、外伝みたいなものが出る予定です。誰のどんなお話になるかは、ぼんやりと決まっています。シュガーアップルの色々詰め合わせになる予定です。最後まで大変な目にあったアンたちに、ご褒美的に幸せな物語を書いてあげられればなぁと思っています。

「シュガーアップル・フェアリーテイル」という物語は、様々な方のお力で、物語として成立していました。

この方がいなければ、この物語が成立しなかった。大きな力となってくださいました、あき様。

あき様のアンやシャルがあってこそ、「シュガーアップル・フェアリーテイル」でした。お忙《いそが》しいなか美しいイラストを描《か》いて頂き、申し訳なくも、嬉しかったです。毎回、イラストの美しさに惚《ほ》れ惚《ぼ》れできるのが幸せでした。登場人物達は、あき様に形にしてもらえて果報者です。あと一冊だけ、外伝におつきあい頂くことになりますが、最大級の感謝を込めて、長い期間ありがとうございました。

そして物語の成立に深く関《かか》わってくださった、歴代の担当編集者様。

初代担当様があってこその、物語の成立とはじまりでした。二代目担当様には、精神的肉体的に大変だったときに、お気遣《きづか》い頂きました。さらに三代目担当様が「ここでやらねば！」と、ご指導くださったからこそ、完結までこぎ着けられました。

さらに現在の担当様。いつも丁寧《ていねい》に朗《ほが》らかに接して頂き、感謝しています。これからも、ご迷惑《めいわく》をおかけすることが沢山《たくさん》あるとは思いますが、よろしくお願いいたします。良いもの、楽しいものを書いていけるよう、がんばります。

それでは、最後まで読んでくださった読者の皆様。あき様。担当編集者様。ビーンズ文庫編集部様はもとより、関わってくださった全《すべ》ての皆様。心から、ありがとうございました。心から、愛しています！

皆様に、尽《つ》きない感謝を捧《ささ》げます。

三川　みり

「シュガーアップル・フェアリーテイル 銀砂糖師と黒の妖精王」の感想をお寄せください。
おたよりのあて先
〒102-8177 東京都千代田区富士見2-13-3
株式会社KADOKAWA 角川ビーンズ文庫編集部気付
「三川みり」先生・「あき」先生
また、編集部へのご意見ご希望は、同じ住所で「ビーンズ文庫編集部」
までお寄せください。

シュガーアップル・フェアリーテイル 銀砂糖師《ぎんざとうし》と黒《くろ》の妖精王《ようせいおう》

三川《みかわ》みり

角川ビーンズ文庫 18751

平成26年9月1日 初版発行
令和5年6月5日 4版発行

発行者――山下直久
発 行――株式会社KADOKAWA
〒102-8177 東京都千代田区富士見2-13-3
電話 0570-002-301(ナビダイヤル)
印刷所――株式会社KADOKAWA
製本所――株式会社KADOKAWA
装幀者――micro fish

●お問い合わせ
https://www.kadokawa.co.jp/(「お問い合わせ」へお進みください)
※内容によっては、お答えできない場合があります。
※サポートは日本国内のみとさせていただきます。
※Japanese text only

ISBN978-4-04-101527-8 C0193 定価はカバーに明記してあります。

◆◇◇

HAKUOUSHIJIN
白桜四神
女とバレれば一家断絶!?
"帝"候補の貴族たちを相手に男装姫君の綱渡り!!
伊藤《いとう》たつき　イラスト／硝音《しょうおと》あや
「無理ですって！ だって、私は女ですよっ」貧乏貴族の里桜《りお》のもとに、名門貴族・白虎家の当主が訪ねてくる。突然跡継ぎだと言われ、里桜は病弱な姉の薬と引き替えに、「男」として帝候補の男性たちと生活することに!?
「白桜四神」シリーズ 既刊紹介
一. 伏魔殿の紅一点！／二. 男子寄宿舎で二者択一！
三. お見合いは三つ巴!?／四. 恋の病は四六時中！
五. 花嫁修業は五里霧中!?　以下続刊

●角川ビーンズ文庫●

F
エフ
黎明の乙女と終焉の騎士
糸《いと》森《もり》 環《たまき》
イラスト／鈴ノ助

春日坂高校
漫画研究部
あずまの章
イラスト／ヤマコ
「小説家になろう」
出身の
話題作！
新感覚！
胸キュン
ドタバタ青春ラブコメ!!
〈発売中！〉①第1号 弱小文化部に幸あれ！ ②第2号 夏は短しハジケヨ乙女！

角川ビーンズ小説大賞
原稿募集中！
君の"物語"が
ここから始まる！
角川ビーンズ
小説大賞が
パワーアップ！
https://beans.kadokawa.co.jp
詳細は公式サイトでチェック!!!
【一般部門】&【WEBテーマ部門】
賞金 大賞 100万円
優秀賞 30万円
他副賞
締切 3月31日
発表 9月発表（予定）
イラスト／紫 真依